B자 낙인

예술가시선 03
B자 낙인

초판 1쇄 발행 2014년 10월 25일
초판 2쇄 발행 2015년 12월 10일

저　　자　송시월
발 행 자　한영예
펴 낸 곳　예술가

주　　소　서울특별시 송파구 문정로13길 15-17, 201호
등　　록　제2014-000085호
전　　화　010-2030-0750
전자우편　kuenstler1@naver.com

ⓒ 송시월, 2014
ISBN 979-11-953652-2-7 03810

이 도서의 국립중앙도서관 출판예정도서목록(CIP)은 서지정보유통지원시스템 홈페이지
(http://seoji.nl.go.kr)와 국가자료공동목록시스템(http://www.nl.go.kr/kolisnet)
에서 이용하실 수 있습니다.(CIP제어번호: CIP2014030413)

B자 낙인

송시월

2014

전남 고흥출생. 1997년 월간 『시문학』 등단. 시집
으로 『12시간의 성장』 『B자 낙인』이 있으며 제 1회
푸른시학상 수상. 계간 『시향』 편집위원, 시류동인
과 하이퍼시 클럽 회원으로 활동 중

송 시 월

(151-855) 서울시 관악구 복은길 138 한솔빌라
402호(서림동 98-388)
02)778-4670, 010-7445-4670
siiwoell@hanmail.net

自序

　　나는 전생의 외과 의사였을까

　　낯익은 관념을 보면 그 내부가 궁금해 습관처럼 메스를 든다

　　무모하게 살가죽을 벗기거나 절개한 복부에서 말랑하고 비릿하게 태어난 핏덩이기호들, 어디론가 나를 끌고 다니며 재영토화시킨다

　　관념과 인습과 주체까지 사라져버린 무질서와 혼돈이 일렁이는 곳, 시의 원질이 눈발처럼 쌓이는 극한, 그곳에서 접신예식을 마친 후에야 비로소 시가 잉태된다

　　나침반도 없는 너무 낯선 유목의 길, 때론 방향을 잃고 헤매기도 하지만 새로 태어날 시에 대한 호기심이 아무도 눈여겨 보아주지 않는 미지의 세계를 향해 늘 시린 맨발로 달리게 한다

　　날갯짓이 서툰 새 한 마리 날려 보낸다

차례

自序

제1부

백지　13

게놈지도　14

거울아 거울아　16

상상을 사다　19

말요리　21

10분 간　24

초록 거울　27

이슬여자　28

점· 6　30

不可 不可　31

B자 낙인　33

자하연　38

엔트로피　40

야단법석　43

"의"자에 대하여　46

텔레비전　48

눈 오는 날 한라봉을 먹다　50

환승역　52

제2부

배꼽을 가르다 —해부학 교실 · 1   57

접신 —해부학 교실 · 2   59

사과를 깎으며 —해부학 교실 · 3   61

막장 —해부학 교실 · 4   63

포도송이 —해부학 교실 · 5   65

버지니아울프를 위해 —해부학 교실 · 6   67

양파 · 1 —해부학 교실 · 7   69

8자에 대하여 —해부학 교실 · 8   71

잡식가 —해부학 교실 · 9   73

적도 —해부학 교실 · 10   75

해가 서쪽에서 뜬다 —해부학 교실 · 11   77

제의 —해부학 교실 · 12   79

천태산 —해부학 교실 · 13   81

아침 비비비 —해부학 교실 · 14   83

유전자 변형 —해부학 교실 · 15   84

이사 가는 날 —해부학 교실 · 16   86

콜람 —해부학 교실 · 17   87

점묘화 —해부학 교실 · 18   89

제3부

go go   93

나비   96

불가사의   98

다이빙 하시는 하느님   100

예니 체리   102

세탁기   104

정리에 대한 변   106

가을 텍스트   108

6   109

공매   111

비염   114

이촌역 2번 출구   116

은행털이   118

잔소리   120

제4부

공무도하가 125

풍퐁퐁 칙칙칙 127

사막 129

아차산 130

푸코씨 미안해요 131

폭설 133

나의 생태 보고서 135

태풍 주류 비와 비주류 비 137

오렌지 139

파리국립도서관에 가다 141

헤쳐 그리고 모여 143

그는 태풍주의보를 배양중이다 145

십일월 147

500cc 단풍 148

채송화 149

외생변수 혹은 내생변수 151

해설 | 송시월의 시세계 - 문덕수 153

제1부

백지

맞은편 숲이 나를 받아쓰고 있다 4층 베란다 하늘색
유리탁자 앞에 앉아 데리다 192페이지 「기원에 대한
꿈: '문자의 교훈」을 펼쳐 놓고 고개를 갸웃거리다가 끄
덕거리다 하는 내 얼굴을 물푸레나무가 잎을 한들거리
며 받아쓰고 있다 허공에다 상형의 소문자로 쓰고 있다
띄어쓰기나 행갈이도 없이 빽빽하게 쓰고 몇 번을 덮어
씌우기 하다가 계란형의 중앙에다 눈, 코, 입, 귀 구멍을
내고 구멍만큼의 하늘을 넣는다 그 하늘이 뭐야뭐야 새
울음을 운다 내가 기지개를 켜자 우우우 일어서며 옆의
너도밤나무가 대문자로 내 팔을 받아쓰고 키를 받아쓴
다 내가 너도밤나무만큼 키가 커지고 몸통이 커지며 바
람에 두 팔이 흔들리자 문자들이 뒤집히며 일그러져 날
려간 백지

내가 나를 읽을 수가 없다

게놈지도

손바닥으로 바다를 뜬다
파래줄기가 하늘거린다
석쇠 위에다 엎었다 뒤집었다 구워낸
검푸른 지방도로 한 장
떨어져나간 왼쪽에다 의수처럼 붙여본다

고주파로 때려오는 눈발들

한낮 마당에 반듯하게 눕는다
눈의 미농지에 탁본된 내 오른쪽
먹지 같은 왼쪽에서
탕, 탕, 탕, 탕,
빈 나뭇가지에 매달린
12월 몇 잎
파르르 떨다 떨어져 서해에 수장된다

파래김 한 장에다

구름에 가린 반쪽의 해를 싸서
먹는다

먹어도 먹어도 고픈
내 왼 쪽

거울아 거울아
—小國寡民

거울 속에서 한 마리 곰이 울고 있어요
나가수 황국신민에도 시 동네에도 끼지 못한 여자
미련한 곰인가? 수시로 떠오르는 의문부호 꼴깍꼴깍
삼키더니
  곰이 되었나 봐요

거울아 거울아 사람이 되게 해 다오
손바닥 닳도록 빌어봐요

거울이 곰에게 메모지 한 장을 주네요
"외출을 삼가고 마음을 깨끗이 비워 하루에 쑥 한 줌
과 별 하나씩 먹으라"고 씌어 있어요

곰은 문을 닫아걸고 버티칼로 원통형유리를 가려요
밤마다 청룡산에 떨어지는 별을 떡갈나무잎이 문틈으
로 넣어주어
  호두알처럼 까 먹어요

폴더에 저장된 눈을 퍼다가 쑥과 버무려 하루에 100g
씩 먹어요

달이 차고 기울기를 수차례 지난 듯싶은 어느 날, 햇살
이 가슴을 더듬어 와요
눈을 뜨고 거울을 봐요
곰은 간데없고 아랫도리에서 알 하나가 굴러 나와요

낮이면 햇빛이 밤이면 달빛이 씻겨놓은 알을 여자는
가슴에 품어요
100일쯤 되었을까요
한 세계의 막을 깨고 사내아이가 나와요
엉덩이에 "북두칠성 큰곰자리 우체국 2011년 7월"
이란 소인이 새겨져 있어요
아직 진화중인지 손가락이 0인 아이
아이의 이름을 '소국'이라 불러요

북위 37도 동경 127도 관악구 서림동 복은길 138에다
아이의 나라를 세워요
여자는 하얀 소국들 꽃망울 맺히는 뜨락에서 小國의
寡民이 돼요

대문 없는 집으로 이웃 나라 개 짖는 소리 닭 우는 소리
가 들락거려요 아이의 손에서 손가락나무들이 자라나요
숭어리숭어리 해가 열리고 토마토가 익어요
새벽잠 깨우는 새 꽃 나비 벌레들과 둘러앉아 아침을
먹어요

그녀 메모리칩 유에스비가 큰물 진 신림천을 떠내려
가고 있어요

* 小國寡民: 인간 세계의 제도를 줄이자는 노자의 이상 국가상
  이며 정치철학이다

상상을 사다

쑥고개 시장
노릇노릇 진도 봄동 한 근 1,000원
뿌리 통통 살 오른 강원도 산 노지 냉이 한 근 3,000원
(금요포럼, 한국관광공사 3층 지리실)
William James의 재생적 상상의 티격태격 토론 500g
유리창에 비치는 생산적 상상의 햇살 500g
각각 5,000원

주방에다 장바구니를 풀어 놓자
봄동에서 초인종소리가 들린다
진도아리랑 한 가락이 호남평야 휘돌아
아라리쓰라리 신림동 고개 넘어와 목쉰 호흡을 고
른다
또 노지 냉이에서 정선아리랑 한 가락이
내 시에 리듬을 깐다

유리창 기웃기웃 원고지 행간마다 유채꽃 피워놓고

티격태격 셔터를 누르는 노오란 햇살

"봄동 냉이 유채꽃 어깨동무하고 아리아리 출렁거려
봐요" 티격,

"자! 가슴 속살 보일 듯 말듯 막 피어난 상상을 꺼내봐
요" 태격,

티격태격을 빠져나온 나

봄동 냉이 웰빙웰빙 끓는 된장국에다

2월 햇살을 풀어 밥 말아 먹는다

말요리

1

말복 날 보신탕집 쓰레기통 달그락달그락 개뼈다귀에서 말들이 튀어 나온다 편자도 끼지 않는 말들은 나를 꼬리에 매달고 초원의 전쟁터로 나이로비사막으로 천산산맥을 넘어 중앙아시아로 멕시코로 달린다 2012년 12월 21일 '종말' 이란 요리를 먹기 위해 세계 각지에서 치첸이트사*로 몰려온 예술가 히피 모험가들, 종말을 과식한 이들은 이발소로 미장원으로 시장 통으로 뛰어다니며 말폭탄을 터트린다 말에 밟힌 내가 비명을 지르며 쓰러지는데 말요리를 먹은 클레오파트라가 금 이쑤시개로 파낸 질긴 울음찌꺼기에서 이상한 말의 새끼들이 히잉 히잉 태어난다

2

첫새벽 팔공산 능선 무덤문 들썩 오랜 잠에서 깨어나신 예수를 닮은 아버지, 무덤을 지키던 망고나무를 메고 천마처럼 날으신다 눈이 빨간 토끼 고라니 멧돼지

희망고를 지고 아버지를 따라 톤즈로 날아간다 희망고
희망고 환호의 인파가 넘친다 자세히 보니 아버지도 예
수도 아닌 마흔 아홉 이태석 신부다 희망의 망고나무로
변종이 된 나, 톤즈의 검은 공터에다 뿌리를 내린다 어
느새 희망의 나무로 번식해 무수히 발이 생긴 나무들, 뛰
기 시작한다 튀니지로 방글라데시로 알제리로 노우스
코리아로 달린다 하얀 비둘기를 날리며

3

유랑하는 말들의 방목터, 백두산 등성이에 기하급수
로 태어난 말의 돌연변이새끼들 구경거리요 연구의 대
상이다 손가락질을 받으면서도 흥미진진한 호기심을 일
으키며 기상천외한 신화의 말을 낳거나 때론 희망의 말
위험의 말을 낳기도 한다

4

돌연변이 말이 구성하고 있는 감각의 수치 (나의 분

석) 미각 45% 촉각 8% 후각 5% 청각 28% 시각 14%

감각이 발달한 세밀화가들의 화법으로 태어난, 하늘을 향해 앞발을 치켜든 화려하고 신비한 오스만 제국 술탄의 말, 징기스칸을 태우고 초원을 달리는 발이 8개인 말, 전쟁터로 달리는 광개토대왕의 백마, 거시기가 살짝 곡선인 발정 난 말, 코가 삐뚜러지거나 눈이 사시이거나 다리가 다섯 개이거나 각양각색이다 사람들은 유전자변형을 시켜 또 다른 말을 낳게 하려고 별의별 실험을 다 한다 나는 변종이 된 돌연변이 말을 없앨 극약을 찾아 헤매어도 말만 무성할 뿐 처방을 찾지 못한다 차라리 희귀한 말요리를 개발해 세종대왕 수라상에나 올려야겠다

* 멕시코 캔쿤 시티 서쪽으로 아열대의 밀림 속에 있는 엘 카스티요 성이라 불리는 피라미드 신전이 있으며 마야문명의 총 본산지이다 마야의 달력에 의하면 2012년 12월 21일이 세계의 종말이라고 표기되어 있음

10분 간

개미만한 흰 벌레들이 별자리와 지구를 그리고 있다
썰물이 펼쳐놓은 모항의 아침 백사장,

나는 820광년을 한걸음에 뛰어
         북두칠성 큰곰자리 등으로 올라가 위아래
       사면을 둘러본다
    바로 아래 머리가 하얀 노자가 땅바닥에다
天地不仁이라고 쓰고 있다

갑자기 니즈카판과 남아메리카판이 충돌하며 불쑥 솟아
오른
안데스의
    봉우리들

  한 발짝 내려서니 아콩카파 육구오구 봉이다

만년설 내 어머니의 백발을 안고 간헐천에 몸 담그다가

암반을 타고 미끄러져 내린

갈라파고스 제도

아직 덜 진화된 다윈을 만난다

그는 섬마다 다른 코끼리 거북과 여러 종의 동식물을 관
찰하고 있다며

이곳은 아메리카에 붙은 신비한 위성이라고 일러준다

두리번거리다가

한걸음 옮겨서니 남극기지다

낯익은 얼굴들

P, K, E, J, S, M.........

대원들이 엎드려 무엇인가를 열심히

관찰하고 있다

수고하는 그들에게 폐 가득 담아온 모항의 피톤치트 한
잔씩 따라주고

돌아선

고비사막
한참을 헤매다가 뿔공룡 코리아게라톱스 화성엔시스
(Koreaceratops Hwascongensis)의 발자국을 만나
탁본을 한다

또 지질판이 흔들린다

재빨리 건너뛴다
아치스 국립공원 아치구멍으로 밀려드는 안개바다에
　　　발을 담그는데
　"선배님 아침식사 시간인데요"
갯바람에 씻긴 나뭇잎처럼 윤기 나는 J시인의 목소리

거울을 보니 한 10년 젊어진 내가 벌레들이 그려놓은 ?
안에 서 있다

바로 앞 능가산 봉우리가 변산호를 발사중이고

초록 거울

나뭇잎이 초록 거울을 팔랑거리고 있다

체 게바라가 홀쭉한 배낭에서 녹색 스프링노트를 들고 나와 필사한 69편의 시를 펼쳐보이다가 거울을 빠져나간다 밴쿠버 동계올림픽 피겨스케이팅 갈라쇼를 하는 연아새 날개를 활짝 펴고 우아하게 유리거울을 미끄러져나간다 **떡갈나무잎** 거울에서 햇살에 활활 타는 **단하소불**丹霞燒佛* 홀딱 벗고 홀딱 벗고 홀딱새가 쑤군거리자 거울이 홀랑 뒤집어진다 빈 거울에 여럿의 내가 반사된다 아버지 벼루에 먹을 가는 단발머리 눈이 큰 나, 냉천동 적산가옥 2층 단칸방 양은 다라이에 떨어지는 빗방울 전주곡에 발을 적신 긴 생머리의 나, 기부스한 팔로〈시향〉을 편집하다가 안경을 벗고 눈물을 닦는 나, 거울이 나를 팔랑거리고 있다

* 한겨울 참선하다가 엉덩이가 시린 혜림사의 단하스님 목불을 쪼개어 불을 붙인 후 골마릴 까고 불을 쬐고 있는 그림

이슬여자

아침 코자 플러스A* 한 알이
여자의 심장을 더블클릭한다

모니터에 뜬 숲속 옹달샘에서 솟아난 여자
발빠르게 산모롱이 돌아가다 거미줄에 걸린다
거미줄이 여자의 얼굴에다 낙서를 한다
이슬이슬
        이슬방울슬슬슬줄줄줄........
여자의 온몸에 돋아난 수포가 터져 줄줄줄 흐른다

내순환선에서 외순환선으로 한 천년 돌고 돌아온 긴-
철가방
  쟈크가 열린다

  신림역 2번 출구로 나오는 마른 우물눈의 키 껑충한
여자
  호암산 공제선에 걸린 해와 눈 마주친다

여자의 눈에 이슬꽃 핀다

2슬+2슬의 절대값은 2슬
2슬—2슬의 절대값은 2슬

2호선 지하철은 온종일 돌아가고
허공에 맺힌 불루마불 슬슬 구른다

풀숲 이슬싱크홀에
여자가 빠진다

* 혈압 강하제

점 · 6

　백지에다 커다란 원을 그린다 중심에다 붉은 점 하나
를 찍고 오른손 엄지로 누른다
　불룩불룩 1분에 75회 뛰는 내 맥박

不可 不可

무럭무럭 자라난 우리집이 뒷산 나무들과 키재기를 한다

이른 아침 내가 준 저지방 우유 한잔씩 마시고 희뿌옇
게 눈을 뜨는 창문들
　햇살을 받아 멀리 여의도의 황금 빌딩을 각막 안으로
끌어들인다

일어나 일어나야지 내 잔소리에 삐그덕 분절음 내지
르며 다리가 1cm쯤 길어지는 침대
　냉혈핏줄의 대리석 계단들 휘파람으로 층층 뼈마디
높이며
　베고니아 제라늄 미니장미 나리 옥잠화를 피운다
　야들야들 자라나는 귀, 옥상의 상추잎들
　해 달 비 구름 별들과의 이야기를 날것인 채
　나에게 먹여준다

어젯밤 폭우에 범람한 세인트로렌스강물 너무 많이

먹었는지
　토마토와 고추나무가 천섬을 설사한다
　등 뒤에 시커멓게 잠복중인 노로바이러스
　바람이 살살살 사살중이다

　일방통행 길에서 쌍방통행길로의 진입을 가까스로 시
도 중인
　내 키의 배로 커버린 구부러진 금강송

　문지방마다 청진기를 대면 아직도
　뚜두둑 근육 늘어나는 소리
　출가를 시켜야 하는데

　나의 독백은 오늘도 불가 불가不可 不可*

　* 한일합방을 체결할 때 각 대신들의 의견을 수렴하는 과정에서
　　김윤식이 不可不可 란 교언을 내 놓았다

B자 낙인

달빛 우주복을 입고 달항아리 속으로 들어가요

태아로 웅크려 달달달 주문을 외우자
무중력으로 떠 올라요

달의 사생아인 나, 사식으로 들어온 별빛을 먹어요
환하게 열리는 500만개의 내 모공
태양동기궤도로 진입하기 위해 방향을 바꾸는데 살짝
스치는 트리톤 표면에
크레바스가 생겨요 저 얼음동굴로 들어가 보고 싶은데
모래알 같은 말똥구리별들 반짝반짝 눈을 흘겨요
수많은 갤럭시들 X자로 꼬리를 흔들어요

배냇짓처럼 꿈틀 몸을 틀자 무한대로 커졌다 작아졌
다 하는 나를
설산의 백발들이 휘감으려 해요

공처럼 둥근 파란 지구의 귀퉁이에 한 점 여자가 보여요
"희경아 고모가 너를 내려다보고 있다" 라고 문자를
보내요
　나보다 훨씬 늙어버린 토론토의 내 조카, 고향에 계신
중풍 앓는 아버지를
　생각한 듯 록키산맥을 눈빛으로 밀어내고 있네요

　칸,칸 불을 켠 커다란 물체 내 각막 안으로 꿈틀꿈틀
굴러와요
　매일 밤 잠속을 달리던 시베리아 횡단열차 그 불빛에
매달려요
　알혼섬은 보이는데 징기스칸의 무덤은 보이지 않네요

　내 눈빛과 엉덩이의 몽고반점이 내뿜는 오로라
　새벽의 여신인 내가 멋진 빛의 향연을 펼치고 있어요
　빛살을 살찌우는 바이칼의 물빛
　현란한 빛줄기 타고 달이 바이칼호로 사뿐 내려앉아요

내가 태어난 시월의 끝, 늦잠이 눈꺼풀에 방울방울 매달린 너무 춥고 어두운 아침 여섯시
　발랄라이카* 물리듬에 맞춰 춤을 추어요
　밤과 낮 사이
　내 발바닥과 수심 사이
　살얼음어둠이 바삭바삭 으깨져요
　뭉클 젖무덤이 밟힌가 싶더니 나를 밀치며 해가 치솟아 올라요
　아직 오물*을 만나지 못했는데 부글부글 끓는 파문이
　허기진 나를 유형으로 내쳐요

　우랄산맥, 굵은 자작나무팔뚝들이 마구 채찍질을 해요
　나더러 소금밭이 되라 하고 은이나 금이 되라 하네요
　이놈의 우랄을 바이칼에 수장시켜버릴까 생각중인데 지질판이 흔들려요
　쇠줄에 묶여 끌려오는 도스토예프스키 디보프스키*

라디시체프를 비롯한
  데카브리스트들* "영광스러운 그대들 신성한 내 품에
안기라"
  바이칼은 입술을 장엄하게 일렁거려요

  (물질은 퍼 담고 인간은 내다버리는 곳, 시베리아)
  시리디 시린 자유의 물빛으로 정화된 내가 원석처럼
뭉쳐져 굴러요

  국립중앙박물관 전시실 달항아리 앞
  알에서 갓 깨어난 나와 퇴화된 내가 합성되어요
  나의 이동 경로와 자유의 성분을 정리한, 달이 쓴 서사
  네게 전송되지 않네요

  원석을 굴리면 달을 훔친 내 코에 B자* 낙인이 선명해요
  둥둥둥 북을 울려 달내림을 받으려던 내가 달을 부셔
버려요

* 러시아의 전통 악기
* 바이칼호에 사는 물고기
* 폴란드 출신 유형수로 수형이 끝난 후에도 시베리아 동쪽 끝이
  자 북쪽 끝인 캄차카 반도에 들어가 의사로 활동하면서 지질학
  과 동물학 연구를 하였다
* 러시아의 전제정에 비판적 시각을 가지고 농노제를 폐지해야
  한다고 주장한 라디시체프의 저서 〈페테르부르크에서 모스크
  바로의 여행〉에 동조하여 1825년 전제정과 농노제를 폐지하
  고 입헌체제와 법치를 수립할 것을 요구하는 무장 봉기를 기도
  하다 실패한 러시아 최고의 지식인(시인 장교 귀족 포함) 집단
  이며 2명은 차열형 5명은 교수형을 당했고 124명이 유형을
  당했다
* 17세기 후반 절도범에게는 얼굴에다 키릴 문자 대문자 B자 낙
  인을 찍었다

자하연*

연못 안에 여러 세기가 뒤섞여 일렁거린다

나는 키가 1m쯤으로 퇴화된 호모 플로레시엔시스
물구나무서서
가을페이지를 뒤적거리다가
시뻘건 튤립단풍에다 암모나이트를 구워 먹고
울컥울컥 청자빛 하늘을 토한다

연못 가득한 비색 청자를 건져 올리는 단풍나무
청자빛 물결과 햇살이 일으키는 스파이크
나는 커다란 비색 청자 완으로 떠서 마신다

얼마나 구워내고 휑궈 내고 토해내면 비색 청자가 될까

일렁거리는 초서체, 자하 신위 천자문의 부력이 여인
을 밀어올린다
　나는 여전히 진화되지 못한 토기 여인,

맨몸인줄도 모르고 21세기 젊은 학생들과 악수를
한다

내 앞에서 패션쇼를 하는 2013년의 만추
새털구름이 제 옷을 벗어 내게 걸쳐주며 빠르게 흘러
가고

* 詩 書 畵에 능한 조선 후기의 문신인 자하 신위가 벼슬에서 물
러나 말년을 보낸 곳을 기념하기 위해 만든 연못, 서울 법대 근
처에 있음

엔트로피

헛발을 디뎌 넘어진다

과거와 현재 동과 서가 함께 북적이는 국립중앙박물관 계단을 오르다가,

(나는 어느 세기에 살고 있으며 어느 나라로 넘어졌는가?)

국립만을 고집하는 자율신경과

눈을 이국으로 돌리자는 타율신경 사이에서 서성거리는데 내가 입은 니커보커스 위에다

"내 이름은 빨강이야" 하며 햇살이 단지를 깨물어 세밀화 한 폭을 그린다

광개토대왕이 지안시 마셴항 강가에서 이국의 어느 농부가 찾아주었다는

자신의 비문을 들쳐 메고 "1600여년 만에야 잠에서 깨어나니 햇빛이 그립군" 하시며 고구려관에서 햇빛 쪽으로 걸어 나오신다

뒤에서 세종대왕이 진관사로 가는 길을 나에게 묻는다

위치 파악이 잘 안되어 앞뒤 좌우를 기웃거리며

터키아이스크림이 먹고 싶어 주머니를 뒤지는데 지갑
이 없다

비잔틴 제국의 황제 레오 3세가 내미는 싱싱한 배추
빛 미소 몇 장

내가 머리를 긁적이며 "왜 당신은 성상icon을 파괴 했
소" 하자

"그건 허상일 뿐이지" 라고 그가 대답한다

"그럼 지금 내 앞에 있는 당신도 허상 아닌가요" 하니
까 말문을 닫고 깊숙이 들어간 눈자위에다 부서진 이촌
의 햇살을 사리지어 넣고 있다

나는 저 눈을 끄집어내 종교미술의 파괴죄를 묻기 전
에 프리드리히 니체의 그늘에다 세워보고 싶어 바짝 다
가서는데

모처럼 지구라는 행성에 산책 나오신 하나님
추락하는 운석에 맞아 전신 화상을 입은 모습 SNS가
뜬다

황사가 밀려온다
엔트로피!* 엔트로피! 엔트로피! 엔트로피!
외과진료실이 동맹휴업으로 문을 닫았다는 호외가 내
발밑에서 구겨진다

* 열역학 제2법칙에서 무질서의 도를 말한다. 엔트로피가 높을
  수록 무질서의 도가 증대된다

야단법석

오디가 익는 계절, 차갑고 딱딱한 금요일이요
꽃잎집시들 햇살 바리케이드를 뚫고 우왕좌왕 거리를
방황하고 있소

책을 먹어도 기표의 지형도도 기의도 맛도 모르겠소
허공의 복부 여기저기를 찔러보지만 여전히 불통이요

내일 무지개가 뜬다면
그 일곱 색깔의 손이 나를 붙잡는다면
겨울의 허무건 봄날의 환희건 그냥 접어 겨드랑이에
책처럼 낀 채
찬란하게 산책이라도 했으면 하오
깍깍깍꺽껵껵뜨르르뜨르르찍찍찍컹컹비블비블
메마른 소리의 입자 가득한 허공에 불씨라도 후욱 날
려 함께 타봤으면 하오

2,554번째 오시는 부처님을 맞느라 절집에선 野檀法

席인데

　나는 야단법석을 접어 깔고 앉아 바쁘게 이동하는 꽃
씨들이나 멍하니 바라보고 있소

　아직 어린 옥상의 고추나무에다 서둘러 아파트를 신
축한 진딧물들
　층층마다 분양전단지 붙이고 다니오
　철거를 시도하려는 내 손에다 놈들이 콜타르를 들이
붓소

　허리에 파스를 붙인 수양버들벚꽃 아래로 허리가 굽
은 수양이
　지팡이로 지나온 순간순간을 꾹꾹 찔러보며 분홍 꽃
길을 가고 있소

　가끔 방문한 빛이 나의 폐곡선 안에서 반사와 굴절놀
이를 하다가 황급히 사라지오

거울이 이 진풍경을 필사하느라 부산을 떨다 그만 눈을 감아버리오

대장에 퇴적층 암암 쌓인 그대, 까만 염소똥이 비실비실 구르오
노을노을* 앰뷸런스가 오고 있소

바탕화면에 압축된 그대의 파일이 노을빛으로 풀어질까 두려운 봄날이오

* 내 아이 어렸을 적 앰뷸런스가 지나가면 '저기 노을노을 간다'
라고 했다

"의"자에 대하여

의자를 잃어버린 내 척추의 4번 뼈
의자야 어디 있니 온 종일 삐꺽 삐그덕 중얼거린다

국어 대사전 2991페이지가 들썩거리며 줄줄이 따라
나오는 행렬
의자 의사 의부 의인 의병 의상 의심 의자왕 의문사 의
무병 의문부호 의료사고……

의자들은 귀가 밝고 행동이 민첩하다

○○○병원 외과 과장실
의료사고, 의사, 의심, 셋이서 만나는 삼각 꼭짓점
'의문사' 란 회색 모자를 썼다

백제왕궁
의분이 의병에게 의무병을 시켜 의자를 권한다 의병
은 의인에게 의자를 권한다

의병인 계백이 빈 의자에 앉자 의심이 많은 의자왕이
계백을 밀어내고
　의자를 끌어다 앉는다
　다리에 쥐가 난 의자가 삐그덕 소리를 내며 주저 앉는다

　사과상자는 사과하지 않는다
　굴비상자는 비굴해하지 않는다

　'義' 자가 없는 의자들이 줄행랑을 친다

텔레비전

그믐밤의 하늘을 사각으로 오려 벽에다 걸고 스위치
를 넣는다

검은 화질에
그녀의 눈썹달 나이키 상표가 뜨고 반원의 사군자부
채가 뜨고
근시의 안경알 구르는 청계천이 뜬다

하늘은 밤마다 새로운 프로를 방영한다

구름이 화면에다 얼룩을 그리는 오늘
언뜻언뜻 갇혔다 지워지는 얼굴
얼룩 속에 얼룩이 자라고 얼룩이 속에
쌍둥이 4쌍둥이 팔쌍둥이로 태어나는 서어나무 군락
지 사이로
날개가 꺾인 노랑나비 한 마리 얼룩얼룩 날아간다

감각의 실핏줄이 터져 브라운관에 노을이 흘러내린다
눈도 코도 입도 온통 붉은 그녀
강물 속에서 피라미들과 술래잡기를 하고 있다

물사발에 뜬 그녀 얼굴
뻐꾸기시계가 뻐꾹뻐버꾹 들이마신다

실체나 이미지까지도 오리무중인 그녀

오늘밤은 복수들의 놀이가 싫어
일인칭 단수인 대기실의 그녀를 방영할 차례인가

그녀 하늘 밖으로 잠을 추방한다

눈 오는 날 한라봉을 먹다

한라봉을 쪼갠다
수평으로 쫙 갈라지는 한라산 봉우리
햇살이 밟고 선 백록담의 출렁이는 무늬들
내 입에다 달디단 과립을 뿌린다
하늘바다 하얀 물고기 떼
파닥파닥 내 얼굴에다 은비늘을 뿌린다

눈 덮인 한라산 봉우리,
먹이 찾는 노루 고라니들 산등성이로 미끄러진다
하얀 털모자아이가 뿌려 논 무늬들
쓸어도쓸어도 쌓이는 노숙의 눈
건너편 용천사 여승, 법문의염화칼슘 뿌리는 소리
"오늘은 꽃치는 날 내일도 꽃치면 공처럼 뒹굴지
나미아비타불나미아비타불"
(내 귀에는 이렇게 들린다)

유리창을 내다보며

서걱 씹는 한라봉 신경의 단면
새콤달콤 씁쓸하다

환승역

신간 코너 앞에 대기중인 파릇파릇 봄의 목록들
4월이 서둘러 접수중이다

나무들이 피워내는 색색의 이모티콘
개나리가 토해내는 리라초등학교 아이들
제비등을 타고 오다 발이 얼어 우리집 처마에서
지지배 지지배 우는 강남을 입체적으로 복사한 햇살,
난해한 고목고전에다 덮어씌우기 한다

"고전은 반드시 현재로 재해석되어야 한다"라는 돌의
문장에
    제비꽃 핀다

고전과 신간을 일목요연하게 판서하는 붓꽃
떡갈나무잎 헤드라인체를 프롤로그로 놓았다가
에필로그로 옮겼다 한다
돋보기를 쓴 나는 편집 방침에 의해 봄의 목차에서 밀

려난다

한강다리 위에다 봄의 시퀀스를 펼치는 지하철 1호선

펑펑 아지랑이 튀겨놓고 여의도를 가출한 벚꽃집시들
허공을 유랑한다
파닥파닥 책갈피를 넘기다가
텍스트를 빠져나오는 깜짝도요새 긴꼬리딱새

아직 한강을 건너는 중인데
"이 다리가 끝나는 지점에서 시즌 2로 버전을 바꾸려
합니다"
라일락의 보랏빛 멘트소리

시즌 2의 버전 초록행렬이 강남에서 우르르 밀려오고
있다

제2부

배꼽을 가르다
―해부학 교실 · 1

뒷산 딱따구리가 지나간다 드르르르
내 배꼽을 중심으로 쩍— 갈라지는 오른쪽과 왼쪽
끊긴 탯줄에서 붉은 강물이 쏟아진다
나는 오른쪽과 왼쪽 손목을 꺾어 강물에 던진다

연어 두 마리 강물을 거슬러 오른다

흔들리다 흔들리다 충돌하는 두 대륙 사이,
깊이를 잴 수 없는 눈물의 호수
밤마다 별처럼 반짝이는 울음을 낳는 好哭場
웅얼웅얼 별천지다
근육질의 별을 먹는 연어
온몸 팽팽하게 불을 켠다

불빛지느러미로 물줄기를 당긴다
쭈-욱 끌려오는 알래스카와 베링 해협

악어 떼 몰려오는 공포의 수로
앞서거니 뒷서거니
물안개 가르며 오체투지로 배밀이 한다

아파르 사막의 모래바람에 화석이 된 루시
320만 년 굳은 오감 말랑말랑 열어
하다르의 협곡에서 연어 두 마리 안는다

해 알갱이가 쏟아진다

아침
내 오른쪽과 왼쪽 사이에서 햇살이 부화하고 있다

접신
—해부학 교실 · 2

여자의 잠을 기습 공격하는 말들

여자를 끌고 시베리아의 최북단 툰드라의 벌판을 달린다

투바크 카스쪼르킨과 점니네 카스쪼르킨*이 접신예식을 마치고

여자의 껍질을 벗긴다

대지와 강물의 신에게 피를 뿌리고 피를 마신다

순록이 된 여자가 무수한 순록을 낳는다

순한 눈망울 굴리며 바다를 건너려다

물에 빠진 순록들

탕, 탕, 탕,······

연평도가 흔들린다

망원경속 나무들이 흔들린다

NLL를 엎어치는 파도

집단 사냥꾼들 쓰러진 순록을 바다의 냉동고에 넣는다
진피가 벗겨지고 알집을 긁어낸 채
부력으로 떠오른 ㅅ ㅜ ㄴ ㄹ ㅗㄱ 이란 자모음들
차마고도를 오른다

길을 구르던 천년 묵은 염주알에 싹이 튼다

* 시베리아의 최북단 타이미르 반도 부리야트 공화국 옹가나산
  의 전설적인 샤먼 형제

사과를 깎으며
―해부학 교실 · 3

잘 익은 부사를 깎는다
둥글게 깎여나간 '잘'이란 꽃뱀 한 마리
쟁반에다 또아리를 튼다

과도에, 내 손이 닿아 끈적끈적 달라붙는 군살

우리집 통유리창 틈으로 들어오다 보름달이 해체된다
초승달 하현달 반달 갈고리달 둥글게 머리 맞대고 모
니터 앞에 앉아
'부사'란 단어를 검색중이다
"사과의 한 품종으로서 당도가 높고 색깔이 붉다. 품
사의 하나로서 한 문장의 특정한 성분을 꾸며주는 성분
부사(잘 매우 겨우)등 그리고 문장 전체를 꾸며주는 문
장부사(과연 설마 제발 등)"

내가 깎아낸 부사, 슬슬 기어다니는 붉은 꽃뱀을 만
진다

미끈 소름이 돋는다

잘 깎은 내 얼굴, 속살이 달다

막장
　—해부학 교실 · 4

막장을 먹는다
강원도 태백 지인이 부쳐온,

아침점심저녁 연거푸 먹어도 텁텁하고 막막한 맛
파를 넣으면 맛이 날까
어스름파장에서 파 한 단 사가지고 파고다공원을 지
나온다

"오등은 자에 아 조선의 독립국임과 조선인의 자주민
임을 선언하노라"
이명처럼 들려오는 33인의 목소리 대한 독립만세
소리
소리에 묻어온 어둠이 나를 시커멓게 덧칠한다

검은 비닐 팩 속의 막장을 항아리에다 쏟자
갱도처럼 와르르 무너져 내린다

칠레 샌디아고 지하 700m 막장에 69일 동안 갇힌 광
부 33명
나는 숟가락슈퍼캡슐을 막장에다 집어넣어
360도로 회전시키며 한 사람 한 사람 끄집어 올린다
33명이 다 올라오자 전파를 타는 막장의 깊은 맛
텔레비전 화면에서 검지와 장지로 V자를 그리며 전
세계인이 외친다
신비의 맛 막장! 신비의 맛 막장!

무덤 속에서 한 삼일 막장만 먹은 서른 세 살의 예수
일요일인 오늘 새벽 돌문을 밀고 환한 얼굴로 걸어 나
온다

포도송이
—해부학 교실 · 5

접시에 담긴 피라미드형 원형아파트
검붉은 무덤 한 알 한 알 따먹는다
농익은 고조부 증조부 할아버지를 먹고 어머니와 아
버지를 먹고
아직 보랏빛 신맛이 도는 조카 둘을 먹는다
계보를 알 수 없는 공동묘지 몇 알도 먹는다
씨가 씹히고 잇사이에 돋는 검푸른 이끼

내가 뱉어 낸 씨에서 갓을 쓴 아버지가 걸어 나오시어
因物之數 不假形也* 라 써 놓으시고 다른 씨방으로
들어가신다
백발의 어머니가 두리번거리다가
문을 잊은 듯 공동묘지로 들어가신다
내가 잠시 나를 놓친다

한 무덤 두 무덤 들어낸 자리
얽힌 골목길에 각자의 방점들이 찍혀 있다

(나는 텃밭에다 여러 종류의 포도씨를 심고 갈아엎고
또 심기를 반복, 수많은 잡종을 만들어 교배하며 유전자
변형을 실험한다)

아침 해가 미로 하나를 둥글게 말아 훌라후프를 돌린다

아파트 공터에서 피부색이 다른 아이들
제 얼굴을 떼어 툭툭 차며 공놀이를 한다

선글라스를 쓴 낮달이 횡단보도를 건너간다

피라미드형으로 쌓여 해바라기하는 얼굴들
포도송이가 익어간다

* 인물지수 불가형야: 셈을 정말 잘하는 사람은 그 외형적인 형
태에 의존하지 않고 사물의 내재적 질서를 따라간다.

버지니아 울프를 위해

—해부학 교실 · 6

그녀만의 방을 찾아 지구의 구석구석을 떠돌다가
고공비행 중 바다로 추락한다

태평양 어느 해안 지평선쯤에서 밀납처럼 꿈틀
치솟아 오른 소금기둥 하나

풍화된 그녀
뚫린 심장구멍으로 지평선 안쪽을 들여다본다

관악 캠퍼스 정원
나뭇가지에 피어난
붉거나 노오랗거나 하얀 심장들
벌들이 짜디짠 심장을 빤다

오후의 빛줄기 따라
초록 심장 하나
잔디밭을 대각선으로 가로지른다

"잔디를 밟으면 안돼요 잔디를 보호해야 해요"
초로의 남자가 소리친다
강의실마다 채워진 자물통들, 박물관이 어디지
볼펜을 들었지만 메모지가 없다
안개가 눈을 반쯤 가린다
방을 찾는 그녀 나의 방 나의 방 중얼거린다

화려한 저 방들은 누구를 위해 피는 걸까
나는 왜 심장이 초록이지
나는 왜 심장이 뚫려 있지

몸 중앙 아치형창으로 내다보는 내림천
태풍에 쓰러져 반쯤 뽑힌 나무뿌리가 다리를 놓고 있다
관악의 능선들이 그녀에게로 건너오다 아치형에 걸
린다

꽃방으로 쓰러지는 그녀, 방을 부셔버린다

양파 · 1
―해부학 교실 · 7

겹겹의 매운 파문 속으로 내가 들어가요 성형외과 선
생님이 마취도 않고 박피를 해요 한 겹 두 겹 세 겹......
꼭 이렇게 아파야만 예뻐질 **수** 있나요? 내가 던지는 질
문에 매운 맛만 톡톡 쏘아, 내 눈은 대 파란을 일으켜요
대파 대신 양파를 벗겨요 일월의 **폭설** 이월의 **입춘**과 **경
칩** 삼월의 **우수**를 벗기고 4월의 **꽃샘바람**을 벗겨요
    갠지스강 요단강 임진강 나란자라강 4대강의 파문은
사그러들 줄 모르네요

    탈모된 허공의 대머리, 흰구름줄기 두어 가닥에 내가
매달려요 민둥산 위로 양떼구름이 흘러요 구름 속 초원
에서 방울방울 떨어지는 양울음소리 양은다라이에서 깨
져요 천길 벼랑의 철쭉꽃들 수로부인의 헌화가로 호호
호 날려요 발사된 나로호가 궤도 이탈을 했대요 바다 한
복판에 붉은 파도가 일어요 백태 낀 내 눈에서 별들의 울
음이 굴러요

신라 예술의 대 파란, 불국사 대웅전 앞뜰에 마주보고 선 석가탑과 다보탑, 나는 쉼 없는 탑돌이로 해가 되고 달이 되고 별이 되어 굴러요

말랑말랑한 태양의 광구가슴에 동서로 나란히 태어난 검은 양파,
열 한 살이면 죽을지도 모른 대요 태양도 11년 후엔 환상통을 앓겠지요

내 배꼽에서 파란 이야기 양파의 촉처럼 피어나는 4월이에요

8자에 대하여
—해부학 교실 · 8

8자에 갇힌 이제마가 팔자들을 해부한다
세상 속 鄙, 薄, 貪, 懦를 헤치고 찾아낸 새로운 길,
四象論

폐, 비, 간, 신, 네 칸의 방

나는 어느 방에서 태어나서 어느 방에서 살고 있는가

쿠마토* 거무스레한 방점을 뚫어지게 바라본다

두 개의 눈이 툭 튀어나온다

검게 누운 8자 눈속으로 이태섭 신부가 들어간다

톤즈의 강물에 물고기고적대들 팔딱팔딱 나팔을 분다

만조의 팔미도 봉긋 떠 있는 두 개의 젖봉우리

찰랑찰랑 휘돌다가 뫼비우스띠를 빠져나가는 썰물

"어머니"란 팔자 속의 내 수인번호는 8번
출구가 없어 울다가도 젖이 잦아들도록 미소가 피어
난다

팔만대장경 속에서 가늘어져가는 붓다의 숨소리

철새떼 삼팔선 철조망에 걸려 부리가 깨진다

그녀 사랑의 엥겔지수는 8?

* 이제마는 구한 말 부패한 사회상을 비, 박, 탐, 나로 분류했다.
  이 분류가 후에 사상체질론의 기초가 되었다고 한다.
* 유럽에서 맛과 영양으로 사랑받는 흙빛깔의 토마토 (네덜란드
  의 브랜드)

잡식가
—해부학 교실 · 9

　우리집 유리식탁이 된장국 배추김치 갈치조림 잡곡밥을 나보다 먼저 먹어치운다 그는 옥상에서 금방 뜯어온 상추 볼이 미어져라 먹다가 힐끗 책장 쪽으로 눈길을 돌린다 크게 벌린 사각의 입에다 국어대사전을 넣고 그 옆 레비스트로스의 슬픈 열대 속 싱싱한 남비콰라족 카두베어족 보로로족을 날것 째 통째로 삼킨다 목이 마른지 녹차 한 주전자 쿨컥 들이켠 후 논어 속의 공자와 조선왕조실록 속의 27명의 왕들과 바슐라르의 4원소와 그 앞에서 어정거리는 나를 한꺼번에 먹는다 크게 트림 몇 번 하고 나서 싱크대 앞에다 나를 토해놓고 빈 그릇 치우라고 눈짓을 한다 내가 투덜거리자 눈길을 돌려 햇살 빨대로 푸른 하늘을 허파 팽팽하도록 빤다 저녁마다 먹은 그 많은 별별 기호들 어디에다 감추었을까 (설거지를 하다말고 잠시 사마천이 되어 유리의 열전을 어떤 관점에서 기록할까 생각하는데)

　딱따구리 군은 굳은 껍질 쪼는 소리

초음파를 보듯 내부를 훤히 드러내 보이는 계곡물유리
　하늘나리 목백일홍 자주달개비 새울음소리 바람의 춤
사위 풀내음을 맛있게 비벼먹고 있다

　펑, 변압기가 터진다

　밤과 낮을 한입에 넣고 조용히 삭혀 내린 희뿌연 새벽
유리하늘
　붉고 말랑말랑한 상형문자 하나 둥글게 낳는다

적도
—해부학 교실 · 10

팔월 한낮 옥상의 토마토들
붉은 머리통 굴리며 아인슈타인의
$E=MC^2$ (에너지=질량×빛의 가속도 자승) 공식을 풀
고 있다

금방 원자폭탄이라도 터질듯
목이 꺾인 달맞이꽃 지지직 탄다
섭씨40도의 뉴욕 리버티섬 자유의 여신상이 흐느적
거린다

히로시마를 나가사키를 날름 삼키는 삐까똔

오토한과 하이젠베르크* 가 밤새 가슴을 치며 울음을
삼킨다

내 어머니 오랫만에 후휴~ 미소를 삼킨다

잿더미 속에서 해 하나씩 꺼내드는 해바라기

해를 먹은 노랑나비 황달의 허물을 벗고 서쪽으로 날
아간다

푸른 볼펜을 든 행운목이 E=MC^2 공식을 앞에 놓고

행복=사랑×나눔의 가속도 자승이라고 고쳐 쓰다가

고개를 갸웃거리고 있다

내려다보던 해가 고쳐 쓴 나무의 공식에다 파워포인
트를 놓자

사랑의 불길이 햇살처럼 사방팔방으로 튄다

* 오토한: 우라늄 핵분열을 발견한 독일의 화학자.
* 하이젠베르크: 불확정성 원리를 발견한 독일의 물리학자

해가 서쪽에서 뜬다
—해부학 교실 · 11

유리창에 뜬 먹빛 겨울하늘
복부에다 메스를 댄다

쩍 갈라지는 북극의 빙하
너와 나 사이 히말라야 설산
파노라마 벽
무
너
진
다

유빙처럼 떠도는 북극의 내장을 타고
북해를 지나 대서양 태평양을 건너
서해 5도의 조도
몇 룩스 쯤인지 다 재기도 전
간도 쓸개도 녹아버린 텅 빈 하나님

강북 ○○병원 9층 4호실
담낭을 제거한지 일주일만인 그가
내장이 꼬여 밤새 뒹굴었다
아침 회진 나온 해의 멱살을 잡고
구겨진 침대시트가 이놈의 돌팔이 이놈의 돌팔이 외
치며 패대기친다

뚜우욱 뚝 뚝......
열두 줄 두뇌의 현 끊기는 소리
웅웅웅 바람북 울리며 환영처럼 떠도는 반쪽의 하나님

해가 서쪽에서 뜬다

제의
—해부학 교실 · 12

우물에다 빠뜨린다

말라비틀어진 한려화 수평선을 그리는 금간 통유리
구멍 뚫린 양말 정리해고 된 나무들 신경이 마비된 센서
등 날개가 꺾인 환풍기 점화가 되지 않는 가스 레인지 시
력이 떨어진 내 눈

어느 날 밤부터 우물에 조각별 뜬다

ㄱ ㄴ ㄱ ㄴ ▷ Ⅹ ✛ ♂♀♄Ⅹ Ⅴ ♈ ∾

밤새 건져 올린 이 조각들 모두 뭉뚱그려 디자인해
본다

ㄱ을 만들고 ㄴ을 만들어 서로 붙이면 ㅁ이 된다 ㅁ안
에다 공을 넣어 팽팽하게 바람을 넣으면 동그라미(◯)
우주가 되고 ◯안에다 점(•)하나, 나를 찍는다

우물 속에서 다시 태어난 언어들, 관념이란 자외선을
차단하기 위해 온몸에 선크림을 발라준다

지구를 다녀간 50명의 언어학자 중의 한분이신 세종
대왕
한글반포 553돌을 맞아 광화문 어좌에 앉아서
아무도 원본을 펼쳐볼 수 없는 훈민정음 해례본 5解 1
례인 用字例를
24시간 음독하고 계신다

지상의 문자들 다 나와 엎드린다

천태산
―해부학 교실 · 13

막고굴 같은 걸개시 계단
석실마다 발화되지 못한 단세포의 나뭇잎언어들
발밑에서 꼬리 꿈틀
'나' 라는 자음 'ㄴ'을 미끄러뜨린다
삼신할매바위 천개의 주름강에서 떨어지는 모음들
내 발등으로 미끄러진다

왕오천축국전往五天竺國傳은 보이지 않는데 앞서가는
등산복 차림의
   혜초와 폴 펠리오가 데리다를 데리고 내 우산 속으로
미끄러진다

미끄러지고 미끄러져 영국사 앞마당에 천년의 언어
   노오랗게 피워내는 은행나무
   내가 "허공의 하트" 라고 외치자 노랑나비 무량대수
로 날리며
   "천태산 은행나무 시제"란 플래카드를 펼쳐든다

천태산, 월아천, 천궁자리, 왕오천축국전, 천마도, 천
지연,
천 개의 강줄기를 건너 지금 막 해가 뜬다

칙칙한 껍질을 벗어버린 나,
여여산방으로 영국사 공민왕의 무릎 위로 동서남북
천축국으로
자율자율 미끄러진다
어린 동자승구름이 자전거바퀴에다 하늘을 감으며 조
용히 내게로 온다
허공이 울퉁불퉁 패이며 아,아,아, 소리를 낳는다

내가 서 있는 이곳
언어의 발원지인가? 도착지인가?

아침 비비비
―해부학 교실·14

아침 비비비 새소리를 손으로 받아본다

비가 미끄러진다

나팔꽃 줄기에 새소리가 방울방울 매달린다

S라인으로 다리 꼬고 하늘로 치솟고 있는 나팔꽃

진보라색 꽃우산 펴들다 초록하이힐이 벗겨진다

지렁이를 신은 빗줄기

자목련건반 스타카토로 두드리다 나동그라진다

아침 비비非非 새소리

내 손가락 사이로 미끄러져 나간다

유전자 변형

—해부학 교실 · 15

유리창에다 빗줄기가 그리는 파노라마
손바닥 펴 수평으로 자른다
진화된 메아리*가 다양한 모습으로 튀어 나온다

만주벌판에서 예까지 걸어온 연암의 속울음이 갈갈갈
신음소리로 내 뒷골의 열두 신경줄 튕긴다 명성산을 흔
들어 놓고 수 백 년 떠돌다가 돌아온 궁예의 마지막 울
음소리 내 머리에다 젖은 갈대꽃 피운다 파리국립중앙
도서관에 감금 된지 145년만의 고국 나들이 온 의궤儀軌
유리창에 펼쳐지는 누르스름한 살결에다 볼을 대니 아
직도 따뜻한 체온이 전신으로 흘러든다 순간, 번갯불
번쩍 천둥소리 십년 만에 부활한 쌍둥이빌딩 금세 흩어
진다

젖은 몸을 비틀자 울음이 웃음으로 얼굴을 바꾼다

하루에 200mm씩 눈물 쏟는 메아리 훔쳐보다 안면

근육 앓는 건조대가 한쪽 입귀퉁이로 웃음을 흘린다 나
사 빠진 옥상문 바람에 덜커덩덜커덩 어깨 들썩이며 웃
고 옆집 아저씨 탈바가지 얼굴 곁눈질하다 목이 꺾인 능
소화 땅바닥을 구르며 웃는다 아래층 학생이 연주하는
빗방울 전주곡의 파문 사리지어 후르륵 삼키는 나를 자
판기가 토닥토닥 때리며 웃는다

　새로 출시된 유전자 변형의 웃음 무료로 드립니다
　오독도 과식도 마시길......!

* 태풍 이름

이사 가는 날
―해부학 교실 · 16

　이사 가는 날, 여자가 눈 쌓인 언덕길을 오른다 돌부리
하나 불쑥 튀어나와 발목을 걸고 안경을 깬다 여자가 영
하9°속으로 미끄러져 산산이 조각난다 또 다른 여자가
눈 위에 나뒹구는 책 컴퓨터부품 양말짝 안경 청바지 가
발 등을 주워 모은다 구멍 닳은 것 모서리 망가진 것들
버리고 사람모양으로 키1m66 허리둘레 29로 조립하
고 눈을 입힌다 살빛이 너무 눈부셔 연한 황색으로 바꾼
다 비스듬히 검정색 베레모를 씌우고 햇살로 코팅한 안
경을 씌운다 이때, 까치 한 마리가 머리 위로 푸드득 난
다 여자가 새의 날개처럼 파닥거린다 내가 여자의 손을
잡고 신림 2동 낯선 고개를 오르는데 여자의 손이 점점
따뜻해진다 용천사 앞 느티나무의 천수천안보살 수수천
개 빈손을 흔든다 활짝 웃는 여자의 웃음이 햇살처럼 퍼
진다

콜람
—해부학 교실 · 17

약간

들썩였을 뿐

폭발음은 듣지 못했는데

내 가슴 지표면을 뚫고 솟구치는 용암

서귀포 주상절리를 세우는데

바다 멀리 검은 나비 한 마리 날려 보냈을 뿐인데

재깍재깍 난도질된 밤이

세모 네모로 굳어져

너와 나 사이

현무암 담을 쌓는데

숭숭 뚫린 구멍으로 벼락 치는 소리 들락이고

해를 잉태한 수평선이 밀려오다 낙태를 하는데

귤나무에 휘어지게 매달린 별들이 담을 넘다가

노오랗게 쏟는 코피

너의 미소 너의 눈빛 모두 잠겨버리고

깨진 별 깨진 바람만 들락거리는데

바람의 검은 파편들이 내 눈에다 벽화를 그리는

뜬눈의 밤

가끔은 별가루 한 소쿠리씩 뿌려지기도 하는데

몇 억 년 전으로 퇴화된 내가

해를 만들어 천정에다 매달아놓고 주술을 외우는데

아침을 낳는 진통이 오고

하늘이 큰소리로 웃는데

음이 소거된 너와는 공명을 일으키지 못한

구멍들

은행잎들이 햇살가루를 찍어 그리는 콜람 ♡♡♡......

실어증 앓는 비둘기들 찍어먹고

구구구구 노래가 터지는데

* 인도의 축제 기간(9-11월)여인들이 쌀가루로 그리는 꽃 풍경
  공작새 인도의 신 모습까지 각종 기하학적 그림을 그리는 전통
  적 풍속이다

점묘화
―해부학 교실·18

여러 종류의 곡식알을 캔버스에다 파종한다

새야 새야 파랑새야 녹두밭에 앉지 마라 녹두꽃이 떨
어지면 청포장수 울고 간다
내가 노래를 부르자
시퍼렇게 멍든 녹두장군 전봉준의 얼굴이 녹두알을
깨고 떡잎처럼 피어난다

"나는 22가지 영양덩어리야" 하며 허스키한 목소리
로 우르르 몰려와
가수 현미의 얼굴로 캐리커처 되는 현미쌀알

미국 전 국무장관 라이스가 얼굴에다 김이 모락모락
피는
검은 쌀밥 팩을 한 채 등장한다

데굴데굴 구르다가 톡톡 튀다가

나는 눈이야 나는 입이야 나는 코야 쫑알거리는 하얀
콩알들
　　미스터 빈이 호호호 웃으며 무대 위로 훌쩍 뛰어 오른다

　　여름내 보리밥을 먹은 내 얼굴에서 좁쌀만한 웰빙 보
리가 익고 있다

　　내 이름은 녹두야, 현미야, 밥이야, 콩이야, 자랑하는
얼굴들
　　네 이름은 무엇이냐고 중앙에 어물쩍 서 있는 내게 묻
는다

　　나는 21세기 트랜드야

　　*이동재의 그림 "사람의 얼굴"에서

제3부

go go

"여기서부터 생태보호구역입니다"

입구ㅅㅁ에 도열한 2열 횡대의 검문에 걸려 분열된
흙미인 현미인 야채인 물고기인 소인 거인들,
동굴 속으로 섞여 들어가 오체투지로 벽화를 그리다
가 추락한다
　(먼 훗날 고고학자들은 이 벽화를 어떻게 판독할까?)

　다민족타운
　위그르르 위그르르 투르크 투르크 티베트 쿠데타 일
으키는 소리
　융합을 거부한 채 집단탈출을 시도하는 소수민족들
　천제연 폭포 같은 협곡들을 바람의 류판*으로 건넌다
　피사의 사탑처럼 기우는 햇살에 온몸이 빨개진 무태
장어들
　빨갱이 딱지가 붙을까 두려워 초록바디페인팅을 한
콩짜개덩굴이

골짜기의 백량금을 빠득빠득 휘감아 오르고

남으로도 북으로도 가지 못한 채 강물에 잠겨
이리저리 눈치만 살피고 있는 낮달

내 안의 강 외벽을 거슬러 오르는 피라미새끼들
힘줄 굵은 물살에 떠밀려 칼리그래프를 그리고

작은 강 큰 강을 지나 8등신 최 하부 병목 구간 막장,
큰물 때마다 떠내려 와
적재된 쓰레기더미
한 달 석 달 열 달 난지도를 찾지 못해 12월이 끙끙거
리는데
뒤차들 경적 울리는 소리

불끈 이마 붉어지는 하늘언저리, 해가 첨벙 바다로 뛰
어든다

일렁일렁 달려오는 색달 수평선의 일몰
그 붉디붉은 입술 후루룩 삼킨다

한 물길 소실점에서 뻥— 뚫리는 소리
2012년의 열두 달이 수장되고 13월이 "혁신"이란 붉
은 피켓을 들고
성큼 지상으로 올라선다

* 중국의 소수민족인 티베트족 리수족 누족이 사는 지역에 깊은
  협곡이 많아 운송수단으로서 계곡 양 편에 대나무를 여러 겹으
  로 꼬아서 만든 밧줄을 두 가닥으로 고정 시키고 밧줄 아래 직
  사각형의 광주리 모양의 류판을 달아 미끄러지면서 계곡을 건
  넌다고 함

나비

배가 고파 광고판의 뽕잎을 갉는다
빗소리가 사각사각 나를 갉는다
늘어지게 한잠 자고난 잠실역,
　몇 잠쯤 더 자야 新林역에 도달할까 또 졸음이 밀려
온다

　칸칸 경의선잠박열차를타고평양아오지연변을거쳐시
베리아자작나무길을지나는데
　다음은 잠실역입니다 멘트소리에 또 잠이 깬다
　몇 잠이나 잤나 길이가 늘어나고 통통하게 살이 오른
허리
　껍질을 입은 땅콩이다
　본래 나는 어떤 모습이었지?
　안개 속 길들이 실실 풀려나와 나를 되감는다

　뚜뚜뚜.......불통인 내 소리까지 먹고 하얗게 살이 찌
는 동굴

(잠실을 영구 임대했나? 집값이 얼만데 뜬구름 잡는
백일몽이지)

뽕잎이나 갉으려는데 뽕잎광고판이 없어졌다

잠실사 주지스님 K에게 전화를 건다

오늘이 몇 년 몇 월 며칠이지요?

그는 머리털까지 다 벗고 비단쪼가리 조각조각 붙여

나비를 만드는 중이라고 환청으로 들려준다

펄펄 끓는 환영 속으로 뛰어든다

실을 찾는 어머니의 백발이 김처럼 피어오르고

내 눈 코 입 귀에서 실실 풀려나간 시간들, 햇살에 염
색되어 노을을 짠다

하현달이 콧등에 걸린 돋보기해를 벗고 빙긋이 웃
는다

흰 나비 한 마리

노을을 삼킨 첩첩 안개벽을 뚫고 날아오르고

불가사의

트라이아기스에서 쥐라기로 백악기로 돌고 돌고 돌아
뼈만 남은 겨울산이 아골아골 운다

지난 여름은 백악기
뒷산의 나무공룡들 날개 펄럭이며 훅훅 푸른 숨을 날
려주었지
맹맹 비비비 삐요삐요 요들요들 깍깍 저들의 노래를
무상으로 포식했지

초식공룡 루펜고사우루스 육식의 딜로포사우루스
잡식의 프테라노돈 에오트리케라톱스와 트리케라톱
스 등
일 년에도 환생과 진화 퇴화를 거듭해온 겨울산
세기의 칸막이 다 걷어치운 채 우우우 모여선 공룡
뼈들
내 발자국 소리에도 놀란 듯 몸을 떤다
볼라벤이 흔들어도 쓰러지지 않는 최신공법의 까치집

부둥켜안은 채 마른 눈물 몇 잎 매달고 서서

너희들 몇 살이니 내가 묻자
일제히 곧추세우는 손가락뼈들
천-만-억-조-경-해-자-양-구-간-정-재-극-항아
사-나유타
-불가사의?
숨이 턱 막히고 멀미가 난다
내 소프트웨어 용량으로
백악기부터 지금까지의 불가사의에 겁도 없이 끼어들
다니
뿔들이 나를 들이받아 길을 잃는다

하늘이 연주하는 타악기소리
불가사의 불가사의 눈발이 날리고

다이빙 하시는 하느님

벽시계가 웃는다
혓바닥 내밀어 올려다보는 내 허탈한 웃음을 초침이
1초 2초 3초 삼키며 웃는다
톱니바퀴에 낀 나
둥글게 둥글게 원을 그린다

가을걷이 끝낸 천수만 들판, 철새떼 다 떠나가 너무 외
롭고 쓸쓸하여
편안하게 내려앉은 시린 하늘
내가 씩 웃는다
"왜 웃어" 하늘이 묻는다
"너무 편하니까 고통스러워 웃지요"
나의 건방진 대답에 박장대소, 입술이 찢어지다 아예
봉해지는 하늘
햇살이 사방팔방에다 쿡, 쿡, 쿡, 초침을 심는다
지천의 움벼들 간지럽게 몸트는 소리
돌멩이들 데굴데굴 구르고 바람도 허리를 비틀고

일렁일렁 웃음이 번지는 천수만에

금빛수염 길게 날리며 하느님이 다이빙을 하신다

예니 체리*

체리가 처음 본 예니에게 "이런 새내기" 하며 겨눈 총
부리에서
모래알이 쏟아진다
꺼끌꺼끌 열리는 예니의 각막, 검푸른 동공
(장난감총이 정말 재밌네)

초원에서 푸른 개가 붉은 개를 낳고
사막에서 붉은 개가 푸른 개를 낳고

동그란 눈구멍에서 말탄 술탄이 나오고
입술 부르튼 금각만이 술탄 듯 물탄 듯 흐느적거리고

사막에서 우는 예니에게서 체리가 웃으며 돌아서고
초원에서 웃는 체리에게서 예니가 울며 돌아서고

유로 유로만을 노래하는 술탄의 등에다
앞뒤에서 예니와 체리가 공포탄을 쏜다
코발트빛 물결 확 뒤집히는 지중해

뿔뿔이 모였다가 뿔뿔이 흩어지는 하늘

빨갛게 익어 터진 체리를 먹은 예니
훈노 돌궐 위그르 셀주크투르크 오스만 이스탄불 이
런 이름을 낳고
이스탄불은 오르한 파묵을 낳고
매운 파묻힘을 먹은 파묵은 "내 이름은 빨강" "순수박
물관" 등을 낳고,
순수박물관 심장은 여전히 빨강 피를 낳고 있고

사이프러스에 기대어 흔들리는 예니에게
너는 나와 한 몸이니까 우리 사이프러스가 되면 어때
체리가 말하고

고흐는 별이 요동치는 푸른 밤을 온몸으로 삼키는
검은 사이프러스를 하늘에다 심고 있고

* 오스만 제국 술탄의 강력한 친위부대

세탁기

여자를 안고 고래가 파도를 탄다

투덜투덜 반복되는 "아침 먹읍시다" 가 솟구쳤다 떨
어지고
안개거품과 먹구름이 우울우울 회전을 하고
시월의 산책길 각혈하는 나무들 물구나무로 치솟아
돌아간다
태평양 대서양 인도양 해일에 떠밀리며
지구를 몇 바퀴나 돌았는지

늬뉘웨로 가는 뱃속에서 아직도 여자는 풍랑에 떠밀
리고 있는데
고래의 뱃속에서 다시스행을 거역한 잘못을 참회하고
있는데

꿈꾸던 고래가 탈진된 여자를 탈탈탈 토해 놓는다

응급실 침대 위, 눈 부릅뜬 백열등에서 하얀 새 한 마
리가 날아 나오고
박넝쿨이 기어나와 그녀를 덮어준다
구겨진 눈 코 입 귀에다 새가 휘파람을 주유한다

공포의 파도에서 깨어나 오감이 말랑말랑 하품을 하
는 여자
1m 66cm로 다리미질 된다

여자가 드림을 입는다

전광판의 시월 주 2014 디지털숫자가 파아란 휘파람
을 분다

정리에 대한 변

"情"이란 아이스크림늪에서 두 발을 빼야 하는데
"理"란 살얼음에 돌아서야 하는데

정리에서 미끄러지려면 '너'라는 사막 모래알 한 알
한 알 맛과 성분을 분석해야하고 주변의 여름 숲 나뭇잎
한 장 한 장 들춰 그들의 노래 한 음절 한 옥타브 음색까
지 곱씹어야 하는데

고비사막에선 누우런 얼굴들이 날아오고 정오의 분화
구에선 햇살이 폭발중이고 절간에선 초파일이 야단법
석, 교회에선 부활절 성탄절 소란스러운데, 부처도 예수
도 보이지 않고 일급수 물소리도 들리지 않고

사막은 지평선을 감추고 헛바늘만 날리는 중이고
태풍은 벌써 태평양을 건너 일본열도를 휘돌아 북상
중이라는데
나는 아직도 남극의 크레바스를 빠져나가지 못하고

있어

　글래시어 파라다이스 얼음동굴

　푸르스름 입을 벌리고 나무들은 탈모에 우울우울 흔
들리는데

　나는 천하제일 비색 청자 완 하나 품고 싶어
　구름을 헤집고 마구마구 하늘을 먹어 치우고

가을 텍스트

경동 시장 입구
얼룩진 좌판에다 깐마늘 깐도라지 깐토란 깐은행 깐
순이…
까만 엄지와 검지손톱, 마디 부은 자벌레가 칸칸이 깐
자를 쓴다

내 방 유리창에다 찌르레기가 밤마다 찌르르 찌르르
소리 내어
'잊지 않겠습니다'라고 쓴다

날마다 키가 1cm 높아지고 생각은 깊어진다고
하늘이 푸른 액정화면에다 일기를 쓴다

엇박자로 까실까실 떨어져나가는 자음과 모음
행간과 행간이 조금씩 넓어져 간다

6

이 깊은 동굴 끝에선 환웅이 기다릴까 하데스가 기다
릴까

갈대줄기를 깎아 스틸루스(펜)를 만든 수메르인들은
왜 하필 달팽이 같은 6을 파피루스에다 그려놓고 그 안
의 모래바람 속으로 들어가 "천체의 운행"이란 불가사
의한 상품을 발견해 대상들에게 팔았을까

초여름이 빙글빙글 돌고 있다 숲이 돌고 태양이 돌고
웅웅웅 이명이 돈다

돌고 돌아도 출구가 없는, 더욱 깊어지는 구름 속 분열
하는 행성들 번쩍번쩍 햇살 피는 소리가 길이 될 것도 같
은데
달팽이 뿔 하나가 툭 튀어나와 문고리가 되어줄 것도
같은데

나는 트리밍이 안되는 6이란 돌멩이 속에 여전히 갇혀 있다

공매

"송시월을 공매처분 합니다" 라는 공문을 받았다

"보낸 곳 : 우주자산공사
책임자 : 지금 한창 만발한 아카시꽃,
낙찰가 : 내가 쓴 전체 액수의 배
5회까지 유찰되면 공단과 수의 계약도 가능함"

내 노동력이 투여되지 않는 반전이 기가 막힌 사계절
의 햇빛 달빛 공기 물 새소리 비 구름 바람 눈 흙 꽃 이런
것들 공짜인줄 알고 과다하게 소비만 했다 몇 십 년을 마
음껏 인출해 써버리고 헐렁해진 내 감각의 통장, 비 경
제제라 생각하고 세금을 내거나 혜택을 입지 못한 이웃
에게 나눠 줄줄도 모르고 마구 쓰기만 했다 그런데 세금
체납액이 복리에 복리로 계산되어 원금보다 더 많아졌
기에 올봄 불가피 속결로 공매처분에 들어갔다고 한다

밤잠을 설친다 옆집과 호수를 바꿔 붙이고 이름도 바

꿔보고 별별 꼼수를 다 써 보지만 시인의 자존을 지킬 묘수가 떠오르지 않는다

　고양이에게나 물어볼까?
　놈이 깊은 생각에 잠긴 듯 현관에 쭈그려 앉아 고개를 떨어뜨리고 있다 가슴이 두근두근 이번 일만 무사히 넘어가면 내가 받은 모든 언어 자연에게로 이웃에게로 되돌려 주겠다고 아카시꽃과 새끼손가락을 건다

　나비 새 바람 햇살이 수시로 이웃집을 들락이며 아주머니를 보고는 고개를 갸웃거리다가 안경을 쓴 나를 힐끔힐끔 쳐다보며 간다 간밤엔 부릅뜬 별들이 밤새 자리를 바꿔가며 나를 감시하고 있었다

　나무마다 매달린 꽃숭어리들 까르르까르르 하얀 웃음을 날린다
　핏방울 맺힌 새끼손가락, 내 생명온도는 여전히 36.5

도인데 맥박이 빨라진다

아카시꽃차를 마시는 내 위로
흰구름이 유찰유찰 흐르고

비염

종이컵 그림 속으로 뛰어든 개구리 한 마리
온몸으로 빗줄기 받으며 비스듬히 풀잎에 누워요
치켜뜬 포도알눈에서 수선화 두 송이 피어나요
한낮의 해가 껄껄껄 웃으며 내려다보네요
민들레가 노오란 양산을 펴 껄껄껄을 차단시켜 놓고
개구리와 빗소리와 술래잡기를 해요

백담마을 계곡에서
밤새 강물리듬에 조율되어 포도송이로 익어가는 새콤
달콤 개구리울음소리
외설악 울산봉에도 보름달 부풀어 오르고요
탱글탱글 영글은 강원도 토종 옥수수
그 8자 협곡을 찌르레기별들 새벽까지 찌르르찌르르
헤매고 다녀요

콧물눈물 다 비워내고 컵으로 뛰어든 낮달
배를 뒤집고 누워 울음을 쏟는 탁배기 빛 하늘을 마시며

코를 골아요

　백담사 독경소리 과음한 민들레노승 뒤뚱뒤뚱 심우도
를 따라가요
　비염 앓는 콧속에서 개구리들 튀어나와
　개굴개굴개굴개굴......
　해탈인지?
　허탈인지?

이촌역 2번 출구
─국립중앙박물관

내가 환승한 이촌역 2번 출구
지하도 불빛 따라 문명의 시작점으로 들어간다

토굴에 들어가 빗살무늬 토기그릇을 굽고 돌촉을 만
들어 토끼 한 마리를 잡아 모닥불에 바비큐를 해 먹고 철
그릇이나 철갑옷 틈새를 화살촉처럼 빠져나간다

고려의 가마터에서 천하제일 비색 청자가 되는 환상
에 불속으로 들어가다 퍼뜩 눈을 뜨고 성군이라 불러온
세종대왕 앞에 단정히 무릎을 꿇는다

500년을 살아도 늙지 않는 어른께

"며칠 전 세계문자 올림픽에서 한글이 1위에 우뚝 섰
답니다. 평가항목은 문자의 기원과 구조, 유형, 글자 수,
글자의 결합능력, 독립성, 응용 및 개발 여지 등에서 모
두 우수 했답니다"

내가 한참을 조아려도 왕관을 쓰신 학자님은 눈도 깜
짝 않고 펼쳐든 해례본을 읽고 계신다

돌아서서 또 다른 한 축으로 거슬러올라간다

마야 아즈텍인에게 붙잡혀 인신공양의 제물이 될뻔하다가 머리털 쭈볏쭈볏 세운 채

옥수수만 실컷 훔쳐 먹고 잉카인들을 헤쳐 터키 이스탄불을 지나 이탈리아의 콜럼버스를 만난다

"왜 그토록 긴 항해를 네 번씩이나 했소"라고 내가 묻자

그는 "유럽이라는 좁은 땅덩어리에서 살다가 무력으로 빼앗은 지중해에 나가니 희망봉이 보이고 그 너머에는 분명 비밀스런 보물섬이 있을 것이라고 확신해서였지요"라고 한다

돈황에서 세종대왕과 콜럼버스가 만난다

세종대왕을 향해 "당신이 내가 찾던 보물섬이군요"하며

"훈민정음"이란 대양을 향해 콜럼버스가 뱃머리를 돌린다

나는 2번 출구를 빠져나와 재빨리 배에 오른다

은행털이

은행은 저녁마다 망치로 나를 깨부순다

먹어도 먹어도 허기진, 고소하고 말랑말랑 황금금고
알칼로이드

은행의 본적지는 길거리나 집 뜨락이었는데
어느새 큰 건물에다 OO은행이란 노란 간판 버젓이
내걸었다

P가 털어준 1번가에서 10번가까지
나는 불룩한 봉투 먹기만 하면 되는데 왜 자꾸 배가 고
픈지
11번가를 왔다 갔다 하다가 판도라의 상자 안으로 유
인 된다

사방을 두리번거리며 펑펑 튀는 렌지 안 봉투속의 나
구린내 풍기며 타원형 입을 연다

좌뇌는 도망치기 귀찮으니 빨리 먹히자 하고
우뇌는 혀끝으로 살살 굴리며 내친김에 지구의 구석
구석을 돌아
은행이란 놈의 기원과 그 변천과정을 탐색해보자 한다

주위를 윙윙거리는 파리떼들
고소영 맛이 아니라고 쿨룩쿨룩 도망을 친다

은행은 나를 털었고 나는 위장전입을 했다
CCTV는 은행과 나를 어떤 함수관계로 읽을까

밤의 이벤트 은행털이
배가 불룩한 나는 은행의 애완용 야식이다

잔소리

볼펜이 나를 끌고 다니면서 잔소리를 토한다
뾰쪽 주둥이에 나발나발 피어나는 나팔꽃

내 유두를 빤다
고열의 배꼽냄비 속
글로벌의 발 감았다 폈다 오그라드는 문어
발바닥 티눈이 아프다

박새포클레인 지나가는 소리

빈 허공을 흔든다

현관문이 열린다

입 쩍 벌리고 내려다보는 저놈의 괴음

볼펜이 나를 끌고 허공을 지나

현관 앞 나팔꽃 줄기에 앉는다
나발나발 뱉어내는 잔소리
가방 속 지그문트 바우만*의
"유동하는 공포" 중간쯤에다 넣고 지퍼를 채운다
아득히 들려오는 나팔소리

비비추분이 초록 볼펜촉을 밀어올리고 있다

* 폴란드 출신(1925년)의 사회학자이며 "쓰레기가 되는 삶들"
  "유동하는 공포"의 저자

제4부

공무도하가

밤사이
가슴께는 지느러미 발에는 물갈퀴가 돋아난 그가
1200도의 불강을 건너면서 하얀 조각배를 탔어요 그
와 나는 북이 아닌 남으로 남으로 한낮의 검은 눈강을 흘
러내려요
배의 모서리에 돋아난 하얀 날개가 살풀이춤을 추어요

햇살과 함께 꽃잎처럼 눈발 흩뿌리는 선산의 양지녘
360°로 뒤집힌 채 산산이 부서져 날리는 한낮의 각도
저것들 하늘에 닿으면 별이 될 것 같은데

땅 밑 깊은 하늘바다에 방류한 조각배
뱃전에 황토빛 꽃잎 한 삽 뿌려요
한낮을 파랑치는 그의
침묵

힘차게 날아올라 중력을 뚫는 위성 하나 우주의 미궁

으로 사라져가요

　입체의 세계, 선분 하나 순식간에 지워지고

　단선인 내 어깨에 조도 낮은 하늘이 무겁게 눌러앉네요

　발효중인 바람이 헝클어진 내 심장의 현을 낮게낮게

조율하고 있어요

　구름바다

　그와 나의 절취선에 폭풍이 일어요

　아직은 말랑말랑한 기억의 지층에서 소리쳐봐요

　새로운 영토를 찾아 아주 먼 여행을 떠난 그대

　안녕하신가

　응답하라

퐁퐁퐁 칙칙칙

퐁퐁퐁
밤새 뛰던 가로등들
제 눈알 눈송이에게 빼어주고 주저앉아 허공을 더듬네

칙칙칙 새하얀 기차가 나를 가로질러 가네
칸칸마다 부서진 하늘을 싣고 가네
배가 고픈 참새들 떨어지는 하늘의 살부스러기를 먹네

울지마라 울지마라 해오기를 기다리네
퐁퐁퐁 마라도가 서귀포 수평선을
뛰어오네
굶주린 갈매기들
유령 같은 오키나와를 날개에 얹고
칙칙칙 쫓아오네

퐁퐁퐁 희망을 튕기다 허망의 기차를 탔던
머리가 새하얀 늙은 소녀들

칙칙칙 빗속으로 휠체어를 굴리네

후쿠시마 후쿠시마
국기에다 붙여놓은 인질로 잡힌 해가 찢어지네
쓰나미가 2011 칙칙칙이라고 칼리그라피로 쓰고 갔네

퐁퐁퐁
12월이 허공에다 꽂은
눈발압정들 칙칙칙 빠져날리네

사막

　설날 아침 눈발이 설설 입김을 내뿜고 희디흰 사막은 백설기를 찌고 있고 백구두밑창이 다 닳은 바람은 세배를 다니느라 시린 발 질질 끌고 나는 계단모서리에 쌓인 눈가루 함지박 가득 퍼다가 새알을 비벼 떡국 솥에다 넣고 설설 끓는 떡국에는 새알이 없고 사랑니 앓는 내 잇몸에 새알 몇 개 욱신욱신 불거져 나오고 딸아이는 백설기 속에 묻혔는지 볼 수가 없고 고선지와 혜초가 모래무덤이 되어가는 타클라마칸의 모래폭풍소리가 들리고 유리창은 온종일 눈물만 흘리고 세배를 받으려던 자사선생과 벨그송이 두루마기와 코트주머니를 더듬다가 세배돈이 없는지 어슴푸레 사라지고 검은 염소 몇 마리 남도의 어느 섬 나무들 뿌리 채 뽑아먹어 사막이 된다고 TV가 방영중이고 사랑니를 뽑고 나면 나도 사막이 될까 앞이 막막하고

아차산

휙 휙 스치는 언어의 프로펠러

길목마다 터지는 사월의 햇볕탄

와와 치솟는 색색의 문장

여기저기 나뒹구는 불발 접속어 야생화

이 꽃 저 꽃 음소를 빠는 윙윙 소리

백운대를 향해 암벽 타는 리듬들

아차, 미끄러진다

푸코씨 미안해요

소록도 선착장에 첫발을 딛는다
번뜩이는 눈빛 중머리의 푸코씨
"유전에 대한 앎의 임상실험이 지금부터 시작이군"
중얼거린다
바닷물로 뛰어드는 눈썹 없는 낮달 하나
짜디짠 울음방울 튀어 올라 뺨을 때린다

"모래사장에 그려보는 너와 나의 이지러진 얼굴,
흔적 없이 지워져버린다"*
수평선에 떠밀려 찌그러지는 깡통 몇 개 구석으로 구
석으로 얼굴 감추고

한샘병원 앞, 휠체어 굴리고 왔다 갔다 하는
노오란 환자복의 대머리은행나무에게 다가가 "일광
욕을 하시는 군요" 하자
"네 햇살이 너무 차군요"대답한다

눈썹 위를 떠돌다 뛰어내린 떡갈나무잎들 내 어깨 툭
툭 치다가
손가락 발가락 뭉개져 나뒹굴어진다

소록도 한샘병원 앞 빈 은행나무가지에다 푸코씨를
걸어놓고
그를 흉내 내던 내가 도망치듯 바다를 건너온다
어지럽게 뱃전을 맴도는 소리
끼~룩 겁쟁이 끼~룩 겁쟁이

푸코씨 미안해요

* 푸코가 쓴 〈말과 사물〉의 끝에서 인간이 마치 해변의 모래사장
  에 그려진 얼굴이 파도에 씻기듯 이내 지워지리라. 차용

폭설
—太朴一散*

하늘이 흰 페인트를 뿌린다
점점점......
풍경이 풍경을 지운다

밤새 유산된 흰별의 새끼들 소복소복 쌓이는
혼돈의 한 귀퉁이
눈도 귀도 없는 꽃잎이 된 핏덩이들 밟고 서서
떨고 있는 여자
희디흰 공포에다 제 울음을 뿌려
구멍을 뚫는다

울음이 울음을 메운다

밖을 내다보고 있던 거울이
까치 한 마리를 날린다

안과 밖, 천지가 일획으로 갈라진다

* 거대한 통나무(모든 가능성의 혼돈)는 흩어지지 않는 것이나 그것이 흩어지면 법이라는 것이 생겨나고 그 법이라는 것은 일획에서 시작된다 일획이란 것은 뭇 존재의 근본이요 만물의 뿌리이다 중국의 화가인 석도의 화론

나의 생태 보고서

내 감각의 색깔은 전반적으로 회색에 가까움

아직 겨울의 절정인 1월 영하 12도 속에서 급진을 시
도하다 얼어버린 개나리꽃망울들
내 얼굴에 더덕더덕 부황이 뜬다
겨울진달래 꽃밭에나 숨어들어 볼까
아니야 진달래는 집성촌이어서 타성인 나는 개밥의
도토리일거야

나무들은 3월부터 겨울의 언 상처를 연둣잎이나 색색
의 꽃들로 치유하겠지만
누우런 현기증에다 샛강 자글자글 어두운 나는 어디
에서 원색을 먹지

신년 초부터 돌림병처럼 퍼지고 있는 신종바이러스
멘붕,
민간요법인 쑥이나 냉이도 동안거중이어서 의견만 분

분할 뿐

　동의보감에도 이렇다 할 처방이 없는 희귀병

　겨울황사까지 밀려오니 올봄은 부황꽃 일색일이겠다

　휙 돌아서려다 거울에 비친 나를 슬쩍 훔쳐본다

　불그스름 열이 오른 내 얼굴 암,암, 핑크빛 수선화가
핀다

　겨울이 봄으로 둔갑되는 화장술

　거울 속에서 환하게 피어나는 꽃

　내 센스데이터에 핑크빛 하늘이 힐링힐링 들어오고

　나는 핑크빛 의상과 핑크빛 화장으,로 봄을 훔쳐다 입
는다

태풍 주류 비와 비주류 비

북태평양에서 남하하는 목소리 큰 태풍 주류 비와
　남해안을 돌아 북상하는 몸집이 왜소한 태풍 비주류
비가
　인왕산에서 술잔 부딪히며 시시비비 말씨름을 하다가
　함께 굴러 떨어진다

　태풍 주류 비
　엎어지고 회오리치며 빌딩 나무 전선줄까지 비틀어
짜며
　非非非非를 지붕에다 창문에다 집집마다 퍼붓고 다닌다
　정면으로 바라보는 내 얼굴에도 한 드럼 퍼붓는다
　귀 막고 눈감고 몸짓도 소리도　없이 서 있는 가로등
발목을 부러뜨린다

　태풍 비주류 비
　쌩쌩쌩 웅웅웅 덜커덩덜커덩 녹슨 철책을 흔들어보다가
　거리로 뛰쳐나간다

8차선 도로 중앙선이 비비비비 주르르륵
꼬였다 풀렸다 흩어진다

구름 사이로 눈 부릅뜬 해, 실핏줄이 툭툭 터진다

나는
태풍 주류 비와 비주류 비를
포르말린 병에 넣어 거리에다 전시한다

오렌지

내 방 둥근 탁자 위에 알갱이 오렌지별이 뜬다
오리온좌 카시오페이아 베텔규스 그 옆의 낯익은 어
미별 아비별
그리고 아직 태어나지 않는 채 반짝거리는 좀생이별
알갱이들

지름×3.14 좀생이별의 원주율을 어림잡아 계산하다가
절반으로 쪼갠다
탁자 귀퉁이에 직립으로 서 있는 젖은 외눈의 유두
섬짓, 창문을 열고 공중으로 띄워 올린다

눈 비비며 떠 있는 스무하루반달
언저리쯤에서
새 로드맵 한 페이지 반짝 태어날 것 같다

흐릿한 달빛 속을 허우적이다가 허리가 반원으로 휘
는 밤

카이닉스* 한 방울 점안하고

반쪽의 보름달을 먹는다

오렌지눈 부릅뜬 숙이, 시큼 눈물 흘리다가 뻐드렁니 드러내며

큰 소리로 웃는다

* 안구 건조증에 넣는 약

파리국립도서관에 가다

　등산로, 말 같이 생긴 나뭇등걸에 걸터앉아 땀을 식히는데 비쩍 마른 말 한 마리가 나를 태우고 히잉히잉 갈기를 날리며 공중을 날아간다 천마도일까? 생각하는 사이, 낯선 도시 커다란 건물 앞에 나를 내려놓는다 어리둥절하여 머뭇머뭇 건물 안으로 들어간다 도서관 열람실 같은 여기저기를 기웃거리는데 한 쪽 구석 앉은뱅이 책상에다 한지책을 펼쳐 놓고 계신 갓을 쓰신 아버지, 내가 아버지! 하며 다가서자 금방 사라지신다 그 자리에 엷은 치자색 한지표지에 「儀軌」라고 쓰여 있는 책, 그럼 외규장각 도서? 줄줄이 꽂혀 있는 책 한 권 빼들고 두근두근 책장을 넘긴다 낯익은 필체, 소용돌이치며 흘러내리는 아버지의 세필, 나도 모르게 눈물이 흐른다 문자들이 축 늘어지다가 화려한 궁중의복으로 되살아난다 이때, 내가 어떤 힘에 떠밀려 건물 밖으로 나오는데 파리국립도서관 〈Bibliothèque nationale de France〉이란 간판이 내 키의 몇 백배쯤의 높이에서 내려다보고 있다

하산길 나뭇등걸 말잔등에 걸터앉아 땀을 식히는 한
순간

헤쳐 그리고 모여

잘 쓰지 않는 기호가 있으신가요
▶열린 시장詩場으로 보내 주세요

급하게 쓰일 이미지가 필요하신가요
▶열린 옷장으로 들어오세요

눈을 감고 하늘을 쳐다보세요
그래도 떠오르지 않으면
즉석에서 이미테이션 해드립니다

나이도 사는 곳도 하는 일도 서로 다른 우리들
주중엔 각자의 일터에서 일하지요
아무런 닮은꼴이 아니지요
알고 보니 가끔은 스쳐 지나며 마주쳤거나
한 곳에 모여 있기도 했던 것

무상으로 빌려 쓰고 돌려주세요

표절만은 삼가세요

필요할 때만 모여 그리고 헤쳐

그는 태풍주의보를 배양중이다

인왕산 개펄하늘

입 오므렸다 벌렸다 눈물 뱉어내는 조개구름 속으로
들어간다

어둑한 골목 막다른 모싯골*

어머니 까주시던 그 상큼한 굴, 번갯불 위에서 뽀글뽀
글 끓고 있다

뚝배기 안으로 희끄무레 가라앉는 별무리

목성 금성 토성 수성 중심에 어머니달

몇 겹의 태풍의 눈 거느리고 반쯤 익고 있다

반숙의 달을 수저로 건져 P시인에게 준다

"처음 먹어보는데 참 고소하네요" 한다

달을 입혀 노릇노릇 붙인 굴전을 먹는다

열린 창으로 내 옆얼굴에다 라이트훅을 날리는 빗방
울들

방 한쪽 구석에 흰색도 보라색도 아닌 검버섯 핀 어머
니 살빛 수국

　　곁눈질로 내 오른쪽 뺨 훔쳐보며 마른 혀를 찬다

　　그는 지금 태풍주의보를 배양중이다

　　* 모싯골 : 굴국밥집 이름

십일월

롯데마트 입구에다 황금빛 주화를 흩뿌리고 있는 11
월을 밀고
카트가 매장 안으로 들어간다

비엔나소시지 500g 돼지고기 바비큐 1kg 햄버거 2
개 신라면 1박스 오리훈제구이 1kg 우유 두 팩 몇 천 평
의 진열대를 지나가면서 메모지에 없는 것을 마구 집어
먹는 11월, 호주머니 속 지갑이 삐쭉 내다보며 너 참 간
덩이 크구나 하니까 내가 한번 움직이면 열 가지 이상 먹
어야 허기를 면하는 거 알잖아 11월이 대꾸 한다 뱃살
많이 빼야 비만이나 성인병에 안 걸려 하며 카트가 눈 부
릅뜨자 그제서야 11월이 계산대에다 인스턴트 식품을
모조리 토해낸다

허공에다 열손가락 쫙 펴 불립 문자를 쓰고 있는 가로
수길
우편배달을 마친 자전거가 빠르게 지나간다

500cc 단풍

시월햇살도 단풍인 인사동 노천카페
원탁에 둘러앉은 얼굴들, 500cc
큰 잔의 단풍을 따르면
거품으로 넘쳐흐르다가 스르르르 가라앉는다
500cc 유리잔의 7부쯤
보일 듯 말듯
일렁이는 내 눈, 코, 입 그리고 단풍
불그스레 풀어지는 맥박의 기포들, 한잔의 나를
홀짝홀짝 마신다
너는 너를 마시고 그는 그를 마시고…
온몸이 후끈
단풍 타는 냄새 싸아―
한 걸음 한 걸음 다가와 늪이 되는
어스름―
그 속으로 소리없이 빠져드는 나, 너 그리고 그,
내가 나를 마신다

채송화

배란을 꿈꾸는 여자가 한참을 두들겨 맞는다

국지성호우가 양 손으로 내려치는 천둥 번개

거울 속 저 여자 백회혈 쯤에서
욱신욱신 기어나오는 고슴도치 한 마리
온몸에 초록 뿔 돋았다
자고나면 삼성, 백두인, 현궁, 수구, 염천…
혈자리 마다에서 찌릿찌릿
새끼에 새끼들 뿔뿔뿔 솟구치는 무수한 질문들
초록분수 쏘아올린다
솟구치다 주저 앉고 다시 솟구치는 동맥정맥 사이로
풀뿌리처럼 산란 되는 실핏줄의 샛강들
검은 고슴도치 한 마리 빠르게 강의 허리를 자르고 간다
심장 터지는 천둥소리
파도치는 붉은 바다
오후 여섯시의 해가 파도 속으로 뛰어 든다

소나기 그친 후, 창틀에 초롱초롱 맺힌 눈물방울들
화분에 떨어져 빨갛고 노랗게 피어나는 꽃
내 눈높이의 정점에서 채송화가 핀다

외생변수 혹은 내생변수

1
늦은 밤
을지로 입구 지하도
박스로 지붕 없는 미니 연립을 조립하는 불완전수들
지고 있던 자정을 내려놓고 달팽이가 된다
거슴츠레한 불빛을 구겼다 폈다 뒤적거리는 신문지를
덮고
미지수를 향해 시작하는 면벽
발목 잡는 무리수를 풀기 위함인가

"야 이년아 뭘 봐 잘난 년 놈들 나와 봐 쌍놈의 세상 씨
팔새끼들"
달맞이꽃 몇 송이 힐끔힐끔
빠르게 지나간다

제본스* 선생님!
달팽이가 되면 10년 후의 태양 흑점 폭발을 피해갈 수

있나요

2
브릴로 상자로 지은 텅 빈 고층아파트
고층만큼의 비싼 값이 매겨졌다

앤디워홀씨!
"예술이야말로 최고의 비즈니스다" 라고 한 당신의 말
당신에게만 적용된 건가요
당신의 예술품은 대량생산이 아니기에 베블런효과*
로 볼 수 없겠지요

* 태양의 흑점 폭발로 인해 태양의 복사에너지가 지구로 내려와
  농산물을 망쳐서 공황이 왔다고 주장하는 영국 신고전주의 경
  제학자
* 미국의 경제학자 베블런이 자신의 저서 〈유한 계급론〉에서 사
  치품일수록 고가여야하고 고가일수록 대중의 관심을 더 받으
  면서 더 잘 팔린다고 하여 이를 '베블런 효과' 라 한다

송시월의 시세계

문 덕 수

〈시인 · 예술원회원〉

[1] 스님洞山 良价(807-869)의 휘諱는 양개良价이며, 회계會稽 유씨兪氏 자손입니다. 어린 나이에 스승을 따라 『반야심경般若心經』을 외우다가 무안이비설신의無眼耳鼻舌身意라는 대목에서 홀연히 얼굴을 만지며 스승에게 물었습니다.

"저에게 눈 · 귀 · 코 · 혀 등이 있는데, 무엇 때문에 『반야심경』에는 없다"고 하였습니까?

그 스승은 깜짝 놀라 기이하게 여기며 "나는 그대의 스승이 아니다"라고 하더니, 즉시 "오설산五洩山으로 가서 묵선사에게 머리를 자르라고 가르쳐 주었다. 21세에 숭산嵩山에 가서 구족계具足戒를 받고 사방으로 유람하면서 먼저 남전南泉(748-834/여기서는 '남전'이라고 읽음) 스님을 배알했다. 마침 마조馬祖(709-788) 스님의 제삿날이어서 재齋를 준비하는 중이었는데, 남전 스님이 대중에게 물었습니다.

"내일 마조 스님의 재를 지내는데 스님이 오실는지 모르겠구나."

대중이 모두 대꾸가 없자 스님이 나서서 대꾸하였다.

"도반들이 기대하신다면 오실 것입니다."

"이 사람이 후배이긴 하지만, 꽤 가르쳐 볼 만하군."

"스님께서는 양민을 짓눌러 천민으로 만들지 마십시오."

다음으로는 위산潙山(771-853) 스님을 참례하고 물었다.

"지난번 소문을 들으니 남양 혜충국사南陽 慧忠國師(?-775)께서 '무정'無情도 설법을 한다는 말씀을 하셨다구요. 저는 그 깊은 뜻을 깨닫지 못했습니다"

위산 스님이 말했다.

"그대는 이야기를 기억하고 있는가?

"기억합니다."

"그럼 우선 한 가지만 얘기해 보게"

그리하여 스님의 이야기를 소개하게 되었다.

"어떤 스님이 묻기를 '무엇이 부처의 마음입니까?'라고 하였더니 국사가 대답하였다.

"담벼락과 기와 부스러기는 무정無情이지 않습니까."

"그렇지"

"그런데 설법을 할 줄 안다는 말입니까?"

"활활 타고 불꽃처럼 쉴틈없이 설법합니다. 그렇다면
저는 이전에 듣지를 못합니까?"

　　정말 신통하구나 정말 신통해

　　무정의 설법은 불가사의하다네

　　귀로 들으면 알기 어렵고

　　눈으로 들어야 알 수 있으니

　　也大奇也大奇 無情說法不思議

　　若將耳聽終難會 眼處聞聲方得知

　　　　—『曹洞錄』(洞山良价의 어록, 佛記 2532) 17-21쪽

　위의 글에서 유양개俞良价를 비롯하여 남전南泉 스님을
뵈온 분이 남양혜충국사南陽慧忠國師를 뵙고 묻는 스님 등
을 모두 시인으로 보고, 마지막에 나오는 '무정無情'의
설법을 듣는 이 등을 포함해서 모두 시인으로 간주하고,
부처님의 마음을 시인의 마음으로 여긴다면 이 대목의
이야기는 시에 관한 중언重言이며, 동시에 하이퍼시론이
라고 할 수 있습니다.

[2] 송시월에게서, 내게 익숙한 「막장」을 선정하여 보기로 하겠습니다. 이 시는 모두 8단위(8연)인데, 강원도 태백 지인이 보내온 '막장'과 파고다공원에서 선포된 〈조선독립선언문〉은 비닐 팩 속의 '막장'과 연결됩니다. 그리고 막장은 칠레의 한 광산의 갱도 붕괴 사건으로 갇힌 갱부들(33인)과 연결되고 다시 신비의 맛 막장과, 예수의 부활로 연결됩니다. 이 하이퍼 시의 접속 관계에 대해서는 이미 언급하였으므로 여기서는 그 다음의 F단위와 G단위는 종교적 관심으로 연결합니다. 즉 막장(A단위의 변형)과 예수의 부활이 연결되어 있습니다. 여기서 예수의 나이가 33세인 점과도 연결고리의 하나입니다.

신비의 맛 막장! 신비의 맛 막장!

무덤 속에서 한 삼일 막장만 먹은 서른 세 살의 예수
일요일인 오늘 새벽 돌문을 밀고 환한 얼굴로 걸어 나온다

33살의 예수의 부활 때의 나이는 〈조선독립선언문〉의 서명자인 33인, 칠레 광부의 33명과도 연결됩니다. 연결고리는 한 가닥이라도 괜찮으나 여기서는 여러 개입니다(예:막다른 골목의 경지. 해방과 부활 등).

이와 같이 송시월의 작품은 단위별의 조직과 단위들 상호접속을 적절하게 보여 줍니다. 이 세상의 만물도 독립적인 개체個體로 존재하고 있는 것이 아니라 모두 어떤 형태든 타자他者와 접속되어 있습니다. 들뢰즈(1925-1995)와 가타리(1930-1952)의 공저의 『천개의 고원』(1980년 국역:김재인 역 2001, 새물결)이 있습니다만, 이 책은 하이퍼의 한 이론적 배경서인지도 모르겠습니다.(이 책은 사실 하이퍼시의 이론의 배경이론이 되어 있고 접속의 원리도 언급하고 있습니다.)

[3] 송시월은 하이퍼시에서 어떤 불가사의한 '흥' 興을 느끼고 있는 것 같습니다. 시론이란 이론과 관념으로 이것과 저것을 비교하여 따진다는 점에서 분석적이나 또 한편 전체적 시점으로 보아야 어떤 흥興을 나타내고 있는 것이며 그 흥에 의해서 다루어지는 것입니다. 앞서 인례引例했습니다만, 공자는 "인간의 흥은 시에 의해서 일어나고, 예에 의해서 인정되고 음악에 의해서 완성된다."興於詩 立於禮 成於樂—泰伯라는 말을 했습니다. 흔히 공자는 도道를 말하고, 인仁을 위하면서 도학자나 사상가로 오인하는 경우가 있으나, 공자의 『논어』를 읽어보면 공자는 음악이나 정서와 관련되는 '감흥'이 풍부했던 사람으로

생각됩니다. 공자는 집에 들어오면 효도하고 밖에 나가면 순종하며 삼가서 행동하고 신의가 있으며 본디 사람들을 사랑하되 어진 이와 친하며, 이러한 것을 행하고도 '남는 힘이 있거든 글을 배울 것'이라고 말합니다. 행유여력 즉이학문行有餘力 卽以學文이라고 하여 인간적인 모든 행실을 중시하고 그런 것을 다 하고도 남음이 있으면 학문해야 한다고 하여 학문 제일주의를 고집하지 않은 데에서도 그를 함부로 도학자나 관념론자로 다루어서는 안됩니다. 『논어』의 권두에 있는 학이學而편은 석 줄로 되어 있습니다. 제1문장의 끝에서 기쁘지 아니한가不亦說乎라고 하고, 제2문장의 끝에서 즐겁지 아니한가!不亦樂乎라고 했고, 제3문장의 끝에서 역시 군자가 아닌가不亦君子乎라고 했습니다. 모두 "知"나 "信"이나 "仁"을 넣어야 마땅하나 전혀 그런 것과 관련이 없는 글자(기쁠 열, 즐길 락, 군자 자)를 넣은 것만 보아도 공자는 도학자나 관념론자가 아님을 알 수 있습니다.

우리는 공자에 대한 편견과 고루한 생각을 버려야 합니다. 기쁠 열說, 즐길 락樂은 모두 정서적 감흥적 언어입니다. 흥興자는 주기酒器의 좌우에 손을 내밀어주는 형태입니다. 안에 있는 "同"은 상하上下가 가지는 형태이며 땅에 술을 부어 지령地靈을 불러일으키는 형이며, 의례儀

禮에 있어서 지령을 제사하고, 관지灌地의 예를 다함을 나타냅니다. 말하자면 즐겁고 재미 있는 것이 '흥'입니다. 흥미興味 좌흥座興의 의미입니다. 여기서는 '지'知가 알맞을 듯합니다만 공자는 애써 이를 피하고 열說자를 쓴 것입니다. '흥'을 중시한 증거입니다.

또 공자는 사람으로서 인하지 않으면 예가 있은들 무엇이며, 사람으로서 인하지 않으면 즐거움樂이 있은들 무엇하랴人而不仁如禮何 人而不仁如樂何라고도 했습니다. 또 단순히 좋아하는 것보다 즐기는 것을 좋아한다고 말하고, 또 어떤 사람인가를 알아보기 위해서는 동기와 만족하는 바를 알아본다면 그 사람됨은 어떤 사람임을 숨길 수 있겠는가子曰視其所以觀其所由 人焉哉라는 말도 하였습니다. 그 사람됨을 전체적으로 본 것을 의미합니다.

송시월은 무의식 속에서 흥興을 탄 시인입니다. 하이퍼시도 시이므로 '흥'에서 일어나고 음악에서 완성된다"는 사실을 잊어서는 안됩니다. 모든 예술은 음악을 동경한다는 말이 있지 않습니까.

[4] 다시 송시월의 시로 돌아갑니다. 「백지」라는 작품의 한 대목입니다.

맞은 편 숲이 나를 받아쓰고 있다. 4층 베란다 하늘색 유리
탁자 앞에 앉아 데리다 192페이지 「기원에 대한 꿈: '문자의
교훈'」을 펼쳐 놓고 고개를 갸웃거리다가 끄덕거리다 하는 내
얼굴을 정면의 물푸레나무가 잎을 한들거리며 받아쓰고 있다.

"맞은편 숲이 나를 받아쓰고 있다"라는 대목에서 이
시인의 입장이 자신이란 주체 쪽보다 자연 쪽에 있으며,
동시에 참신성斬新性이 물씬 풍깁니다. 일상 시어나 종래
의 표현과는 다릅니다. "손바닥으로 바다를 뜬다"(「게놈
지도」) "거울 속에서 한 마리 곰이 울고 있어요"(「거울아
거울아」) "말복 날 보신탕집 쓰레기통 달그락달그락 개
뼈다귀에서 말들이 튀어 나온다"(「말요리」) 등도 그의 조
사措辭의 참신성을 알아볼 수 있습니다. 그는 기존의 시
어를 절대로 쓰지 않는 습관이 되어 있습니다.

국어 대사전 2991페이지가 들썩거리며 줄줄이 따라나오
는 행렬/ 의자 의사 의부 의인 의병 의상 의심 의자왕 의문사
의무병 의문부호 의료사고……

"의"자들은 귀가 밝고 행동이 민첩하다
— 「"의" 자에 대하여」에서

줄줄이 따라나오는 행렬 다음은 K 시인의 하이퍼시에 대하여 말할 때 이것이 하이퍼 시의 한 용법으로서 시니피앙과 보기를 들면서 설명한 바 있지만, 송시월의 이 시에 사용된 시니피앙은 또다른 의미에서 관심을 끕니다. 그것은 음성의 유사성으로 단어 앞에 "의"자가 붙은 것으로서 전연 다른 것입니다. 여기서는 시니피앙도 다른 시니피에와 달라 시니피앙을 매개로 한 표현의 내용이 훨씬 풍부한 편입니다. 그는 언어의 쓰기의 한 가지를 시니피앙에서 찾고 있는 듯합니다. 그는 하이퍼적 감각에 상당히 능숙한 재질을 보입니다. 하이퍼시에서 가장 중요한 점은 A단위(현실 단위, 형이하 세계)와 B단위(상상계, 상상 단위 형이상 세계)의 접속 관계입니다. 단위간의 접속 관계는 하이퍼시의 가장 중요 대목이라고 하겠는데, 송시월은 그의 작품에서 이를 굉장히 자유자재로 쓰고 있습니다. 「텔레비전」을 인용해 봅니다. '리좀' rhyzome의 자유자재한 구사는 하이퍼시의 한 요점입니다.

　그믐밤의 하늘을 사각으로 오려 벽에다 걸고 스위치를 넣는다

검은 화질에

그녀의 눈썹달 나이키 상표가 뜨고 반원의 사군자 부채가
뜨고

근시의 안경알 구르는 청계천이 뜬다

하늘은 밤마다 새로운 프로를 방영한다

구름이 화면에다 얼룩을 그리는 오늘

언뜻 언뜻 갇혔다 지워지는 얼굴……

— 「텔레비전」에서

　　모두 8단위(8연)로 구성된 「텔레비전」의 경우, 제1문
에서 "하늘을 사각으로 오려 벽에다 걸고 스위치를 넣는
다"에서 제2, 제3, 제4의 단위들을 연결하는 '고리'를
제시하고 있습니다. 매우 참신한 이미지입니다. 이 시도
하이퍼시의 유형에 듭니다. '난해성'에 대해서는 그냥
넘어가는 것 같아서 한마디 덧붙입니다. 하이퍼시에서의
난해성은 단위간의 연결고리 찾기와 연결에 의한 의미의
어울림을 알아내는 어려움에 있는 것으로 보입니다. 잠
시 말한 바와 같이 하이퍼시의 초월, 현실과 상상, 형이
상形而上과 형이하形而下 등의 단위 구성도 어렵지만 단위

와 단위가 어떻게 연결되는가, 연결고리가 무엇인가를 찾는 것이 조금 어렵기 때문입니다. 앞서 말한 바와 같이, 이 세상의 만물은 모두 역설적이지만 모두 다르고 정반대이거나, 거리와 간격으로 떨어져 있는 것 같지만 실상은 모두 연결되어 있음을 명심합시다.

[5] 송시월의 작품 「막장」에서 특히 주목되는 부분은 리좀rhyzome의 접속 양상입니다. 이것은 A단위(현실, 사물의 세계, 형이하의 세계)와 B단위(하늘이나 무의 세계/형이상 세계)의 관계를 어떻게 연결하느냐에 관한 것인데 여기에 우리의 관심을 환기시켜줍니다. 들뢰즈는 "무의식의 작용을 욕망하는 생산production désirarante"이라고 긍정적인 형태로 파악하고 있습니다. 좀 어려운 말이지만 세 가지 점으로 규정한 것을 들겠습니다. 들뢰즈는 먼저 접속connexion의 원리에 대하여 말하고 있습니다. 리좀(지금까지 '단위'라는 말로 구별해서 사용했습니다.)의 특질은 접속의 원리에서 그 종류가 분류된다고 말합니다. 좀 난해한 듯한 말입니다만, "생산生産의 생산", 다음이 "등록登錄의 생산", 제3으로 "소비消費의 생산"을 듭니다. 이렇게 3분해서 해설한 사람이 있습니다.

접속의 원리로서 들뢰즈는 접속connexion의 이접離

接, disconjonction과 통접統接, '종합綜合'이라고 합니다. conjonction, 가령 'et(와, 과)' 즉 '이것과 저것과'와 같이 '과(와)'를 매개어로 하여 조합됩니다. 또 soit... soit(이것이냐 저것이냐)입니다. 다음 제3의 것으로서 donc(그리하여)입니다. 이 세 경우가 모두 A단위와 B단위가 분지分枝하는 것을 의미합니다. 그렇지만 접속은 등위적等位的으로 결합하여 A도 아니고 B도 아닌 제3의 것인 C를 만들어내는 것입니다.(이진경, 『노마디즘』 2013, 휴머니스트, 91쪽). 송시월의 「막장」의 경우 예수의 부활(형이상 세계)과 막장(형이하의 세계)이 합쳐져서 제3의 세계인 C의 세계(부활, 영생의 세계)라는 신앙의 세계를 만들어내는 것입니다. 막장과 조선독립선언문, 막장과 칠레의 갱도 붕괴 사건 등의 결합도 마찬가지입니다. 여기에 송시월의 시적 세계가 존재합니다. 또 그의 개성이고 그의 빛입니다.

생산의 생산은 무엇일까요? 접속적 통합, 접속적 종합 synthése connective이라고도 합니다. 무의식 속의 욕망의 흐름이 '이것과 저것과'의 상태를 '과'(와)의 접속사로 연결되고 여기서 접속되는 것은 흐름과 절단切斷입니다. 예를 들면 우유의 흐름이 입에 의하여 절단되고 위장이나 대장·소장에 의한 절단을 거쳐 항문肛門에 의한 절단으로 배설됩니다. 이 경우 이와 같이, 생산하고 절단하는 단계는, 기관기계器官機械입니다만, 그것은 어디까지나 부분대상으로의 그것임을 알아야 합니다.

다음에 등록登錄의 생산이란 무엇일까요? 욕망하는 기계가, 기관器官 없는 신체corps sans organes의 표면에 배분配分되고 등록되는 방식에 관련되는 접속입니다. 기관 없는 신체란 팔, 입, 눈, 위장 등 우리가 가진 기관은 개별적으로 할당된 기능을 가지고 있고, 하나의 신체로서 통합되어 있다는 것입니다. 팔은 사물을 붙잡고, 입은 지껄이고 먹으며, 눈은 보고, 위장은 소화시킵니다. 건강한 생활은 이같이 조직화된 여러 기관이 정상적인 기능을 다하고 그러나 그 자체로서는 무의식적으로 활동합니다. 그러나 자기가 갖고 있는 조직화된 기관을 가지고 있음은 자명自明하지 않을 경우가 있습니다. "신체는 신체다/ 혼자이다/ 기관 같은 것은 존재하기를 바라지 않는다. 신체는 유기체가 아니다. 유기체는 신체적이다"라고 말하는 것과 같은 것인데, 이것이 기관 없는 신체의 모습입니다. 그래서 기관 없는 신체는 여러 기관 또는 욕망하는 기계의 유기적 조직화에 반대하는 원초적 전체이며, 욕망하는 기계가 기호로써 등록되고 지지체支持體가 되는 것입니다.(講談社 蓧原 資明, 138쪽)

등록의 생산은 달리 이접적離接的 종합synthésis disjonctive이라고 말할 수도 있습니다. 앞서 말한 바와 같이 "이것이든 저것이든soit... soit..."이라는 형태를 취합니다. 이와 같이, 이접離接:選言이라고 하지만 "이것이냐 저것이냐"와 같이 이자택일二者擇一의 형태를 갖지 않습니다. 이 단계에서 나는 부모와 자식의 어느 한쪽이라든지, 어머니냐 아버지냐 하는 방식의 이자택일을 하는 것이 아니고, "나는 아버지이며, 나는 어머니이며, 그리고 나다"라고 말하는 것입니다. 송시월의 리좀 연결은 모두 이 분류에 속한 듯합니다.

소비消費의 생산은 연접 종합synthése conjonction입니다. "그러므로 이것은 ......이다"라는 형태를 취합니다. 이 종합은 그때마다 소비消費의 종점終點에서, 예컨대 "그러므로 이것은 나다"라고 말할 수밖에 달리 말할 수 없습니다. 주체의 존재 방식을 가리키는 것입니다. 예컨대, 잔여殘餘로서의 주체, 남은 것의 주체입니다. 이 주체는 끝까지 "나는 느낀다"라는 존재방식을 취합니다. 이를테면 "나는 신神이 된다는 것을 느낀다"라든지, "나는 여자가 되는 것을 느낀다"와 같은 형태입니다. 욕망하는 접속적 작업은 리비도libido라고도 불리며, 이 리비도의 에너지 일부가 이접적 등기離接的 登記의 에너지로서 누멘神聖

性으로 바뀌고, 다시 누멘의 일부가 소비의 에너지로서 올포타스享受로 바뀌는 형태가 됩니다. '누멘'은 '신성성'을 나타내는 라틴어, 올포타스는 '향수'享受를 나타내는 라틴어입니다.(同上, 139쪽)

『천개의 고원』(국역: 김재인 역, 새물결 2001)의 '메타 천개의 고원'이라고 할 수 있는 역저 이진경 교수의 『노마디즘』(2013, 휴머니스트)에서는 접속의 원리에 대해서 매우 상세하게 논하고 있습니다. 여기서는 이질성의 원리, 다양성의 원리, 반의미의 단절의 원리 등으로 분류하여 자세하게 논하고 있으므로, 이 두 책을 읽고 참고하는 것이 좋을 듯합니다.

우연히 『소크라테스의 변명』이라는 플라톤의 저서를 읽게 되었습니다. 거기에 시인이 시작詩作하는 것은 지혜智慧에 의하지 않고 오히려 예언자나 신무神巫와 같이, 일종의 자연적 소질과 신래新徠(인스피레이션靈感)이라는 뜻입니다. 옛날에는 보리麥를 '내'來로 표기했습니다. '보리'는 하늘에서 내려왔으므로 '내來'라고 한다는 것입니다. '신래'는 신령神靈이 옮아온다는 것처럼 이상한 감흥을 느끼는 것에 의거함을 깨달았습니다.) 그러나 이러한 시인들도 많은 아름다운 것을 말하기는 하나 자기 스스로 말하는 것의 진의眞義에 대해서는 아무런 이해가 없습니다. 시인도 거의 같은 상태에 있음을 나는 깨달았습니다. 동시에 나는, 그들이 그의 시재詩才가 다르기 때문에 다른 사항, — 사실인즉 그렇지는 않지만 - 세계 최대의 지자智者로 자인하고 있음을 인정합니다. 이 책자의 역자 주(역자 주(5):103쪽)에서는 "또 그(소크라테스)는 오래된 신神들에 대한 신앙을 포기하고 그 대신에 에텔(그리스어로 '공기'의 뜻), 즉 공기를 부르고 구름을 숭상한다. 그리하여 비를 내리게 하고 번개를 일으키는 것은 제우스가 아니라 '구름'이라고 설명하고 있다." 또 역자 주 (19)에서는 "그는 종래에 신神들이라고 믿어왔던 햇무리 日暈(그리스어로 '헤리오스')나 달무리月暈(그리스어로 세레네) 기타의 천체가 돌덩어리石塊로 되어 있으며, 또 태양에서 나오는 빛과 지구나, 달과 기타의 성신을 비춘다고 설명하였다."고 했습니다. 이러한 인식은 하이퍼시의 경우와 같습니다.

　여하간 송시월의 이론적 배경은 들뢰즈의 이론인 듯하며 그런 점에서 한국시단의 구하기도 힘든 '레아 어스' rare earth인 송시월의 시에 대한 이론적 분석적 이해에 더욱 적극적이기를 바랍니다. TV를 비롯한 전자기기의 제작에 없어서는 안될 귀한 광석인 희토稀土인 그는 확실히 한국 시단의 떠오르는 별입니다.